dtv

Daniel Deserno, 39, bis vor kurzem Investmentbanker, ist Patient in der Kurklinik Waldhaus, unter lauter Prominentenleichen mit Depressionen. Freundin Selma aus der Kulturstiftung der Bank hat ihm nach einem Streit unter dem Weihnachtsbaum mit dem eben ausgepackten Edelkorkenzieher seinen Porsche ruiniert, wie das männlichste Teil unter Daniels Kollegen heißt. In der teuren Kurklinik hängt er den Zeiten ungehemmter Geldvermehrung nach, bis eine neue, junge Patientin auftaucht, die mit einem ferkelhaften Büchlein soviel Erfolg hatte, dass sie darüber schwermütig wurde. Daniel und die Neue kommen sich rasch näher. Dann aber kündigen Selma und auch noch Daniels altlinke Mutter ihren Besuch an, weil im Waldhaus ein berühmter Autor aus seinem Goethe-Roman liest. Im Zuge dieser Lesung über Johanns Nummer mit seiner Sponsorin Anna Amalia kommt Daniels Porschewrack zu einem nicht mehr für möglich gehaltenen Sieg, während ringsherum die Finanzwelt einstürzt.
In seinem neuen Schundroman verschränkt Kirchhoff vier verrückte Liebesgeschichten mit dem Kollaps eines verrückten Systems – ein aberwitziger Kommentar zu den Krisen in der Welt des Geldes und der Literatur.

Bodo Kirchhoff, 1948 geboren, lebt in Frankfurt am Main und am Gardasee. Zuletzt erschienen ›Parlando‹ (2001), ›Schundroman‹ (2002), ›Wo das Meer beginnt‹ (2004), ›Der Sommer nach dem Jahrhundertsommer‹ (2005), ›Die kleine Garbo‹ (2006), ›Eros und Asche‹ (2007) und ›Erinnerungen an meinen Porsche‹ (2009).

Bodo Kirchhoff

Erinnerungen an meinen Porsche

Roman

Deutscher Taschenbuch Verlag

Von Bodo Kirchhoff
ist im Deutschen Taschenbuch Verlag erschienen:
Infanta (14029)

**Ausführliche Informationen über
unsere Autoren und Bücher
finden Sie auf unserer Website
www.dtv.de**

MIX
Papier aus verantwortungsvollen Quellen
FSC® C019821
FSC
www.fsc.org

2012
Deutscher Taschenbuch Verlag GmbH & Co. KG,
München
Lizenzausgabe mit freundlicher Genehmigung
der Frankfurter Verlagsanstalt

Umschlagkonzept: Balk & Brumshagen
Umschlagfoto: mauritius images/Janusz Pokorski
Druck und Bindung: Druckerei C. H. Beck, Nördlingen
Gedruckt auf säurefreiem, chlorfrei gebleichtem Papier
Printed in Germany · ISBN 978-3-423-14062-1

Für alle Ursels dieser Welt

1

Regel Nummer eins: Wer ein Buch schreiben will, muss Zeit und Geld haben und wenigstens *einen* guten Grund. Zeit hatte ich genug unter all den Prominentenleichen im Waldhaus, ebenso Geld, ob in Übersee oder hier, und mein Grund lag auf der Hand, wenn ich an mir heruntersah; dazu kam die Weltlage in diesem Herbst, womit ich das allgemeine Finanzchaos meine. Fehlte noch der Anstoß, um aus Notizen ein Buch zu machen, und da reichte es, dass gleich zwei ungebremste Frauen am selben Wochenende in der Kurklinik auftauchen wollten: die Frau, ohne die es keinerlei Grund gäbe, überhaupt nachzudenken, und meine liebe Ursel, die mich zur Welt gebracht hat.

Wie immer, wenn sie Ideen hatte, rief sie am späteren Abend an, meine rauchende, nachtmenschige, irgendwie immer noch linke Mutter – ab und zu sollte man sich diesen nicht mehr zu steigernden Verwandtschaftsgrad schriftlich vor Augen führen –, und kaum hatte sie ihren Besuch angekündigt und nebenbei nach meinem Befinden gefragt, kam der übliche Schwall zur Lage der Dinge aus Sicht ihrer Alters-WG. Dein Kapitalismus ist am Ende, rief sie, es gibt nur noch Schulden, die ganze Welt ist verschuldet, wie soll das weitergehen? Kein Wunder, wenn bei uns die Sozis mit Kommunisten paktieren, nur kann ich leider keine Frau wählen, die anderen den Mund verbietet: *Isch-Basta* heißt die bei mir nur – am Anfang vom Ende steht immer der Größenwahn! Etwas mehr Bescheidenheit, Dannymann, und du wärst nie in dieser Klinik gelandet und könntest nach wie vor Dinge tun, auf die Männer so stolz sind! Hier holte Ursel zum ersten Mal Luft, und hier hole auch ich Luft: für einen Rückblick – auch wenn Rückblicke nicht bei allen beliebt seien, wie mir ein schreiberfahrener Mitpatient zu bedenken gab; nur sollte sich einer, der's ernst meint, nicht gleich bei allen beliebt machen wollen: Regel Nummer zwei für mein Gefühl.

2

Am Anfang war bekanntlich das Wort, nicht der Größenwahn, der kam erst nach der Schöpfung, und Worte stehen auch oft am Beginn von Karrieren, *Omerta* etwa bei der Mafialaufbahn oder *Ruhm* bei einer Filmkarriere. Und auch in meinem Fall kam das Wort nicht von Gott, sondern aus Amerika und hieß einfach *hedge*, in unserer Sprache Hecke oder Winkel, und das *Hedging* war die durch Hecken gesicherte, jeden Winkel nutzende große Geldvermehrung. Kurz: Ich war Investmentbanker, einer mit Turboperformance und Porsche RS, und meine Mutter dachte, ich würde Baumschulen in Afrika finanzieren und C-Klasse fahren. Und dann passierte das mit dem Korkenzieher und meinem GT, aber fangen wir bei A an. Ich heiße Daniel und sollte Daniela heißen, meine Männlichkeit war also von vornherein durch ein A belastet, und das auch bald laut und deutlich, gefolgt von einem O, was bei den alten Griechen ja das Z war und damit ganz hinten stand.

Ah, da kommt sie! und *Oh, verdammt!* soll nämlich ein Chor aus fünf Frauen bei meinem termingerechten Ausscheiden aus der rein weiblichen Sphäre durcheinandergerufen haben, und demnach wäre ich nicht nur als unerwarteter Junge, sondern auch im Zustand sichtbarer Erregung zur Welt gekommen, das alles im Rahmen einer Frankfurter WG-Geburt, Oktober neunzehnhundertsiebzig. Mit von der Partie: meine Mutter Ursel und die drei anderen Frauen der Wohngemeinschaft, Bea, Doro, Ingeborg, sowie im Hintergrund der sogenannte Erzeuger, also mein Vater, ein junger Brillenträger namens Gunther, und an vorderster Front die parteiische Hebamme von der Roten Hilfe. Auch sie hatte mit einem Mädchen gerechnet, soll aber nur den Kopf geschüttelt haben, während es von Gunther hieß, er habe vor Enttäuschung geweint. Gunther war der Einzige, der kochen konnte in der WG, doch seine größte Tat war das Anzünden einer öffentlichen Telefonzelle, an der es eigentlich gar nichts zu brennen gab, und trotzdem konnte Ursel ihm danach einreden, er sei Terrorist, er werde gesucht, damit er bei ihr untertauche, als verstecktes, kochendes Würstchen. Und keine neun Monate später erblickte ich das Licht der Welt, angeblich mit Tönen, als hätte ich an meinem Zustand schon Vergnügen gehabt, wovon gar nicht die Rede sein konnte.

Dieses Vergnügen kam erst mit siebzehn und währte einundzwanzig Jahre, womit ich sagen will, dass meine beste Zeit vorbei ist, nachdem mir eine Freundin – *Head of Department* bei der Kulturstiftung der Bank, der ich gedient habe – das dafür entscheidende Teil mit einem Korkenzieher aus Italien ruiniert hat, und das auch noch an Heiligabend. Überall war Blut, selbst auf den Hirten vor der Krippe, und nach einem Noteingriff und stationärer Behandlung auf der Urologie – von einem Pfleger, Robin, mit ermunternder Lektüre versorgt, den Bekenntnissen einer jungen Hämorrhoidenpatientin – konnte ich am Tag der Entlassung plötzlich nicht mehr gehen. Die Beine knickten einfach weg wie bei einer Marionette, und eine Schwester schob mich im Rollstuhl von Abteilung zu Abteilung, bis am Ende, in der Psychiatrie, ein keineswegs zerstreuter Professor von spontan reaktiver Gangstörung im Rahmen einer personalen Gesamtkrise sprach.

Und so landete ich schließlich, mit Hilfe von Ursels Energie und meinem Depot auf den Caymans, in der für Gesamtkrisen angeblich besten Umgebung, nämlich der hotelartigen Privatklinik Waldhaus, in einer Suite für Behinderte mit Blick auf den südlichen Schwarzwald, sogar vom Bett aus, und hinab auf die ferne Rheinebene, wenn ich mich auf den Balkon rollte; neben den therapeutischen Maßnahmen sollte auch die Landschaft zur Heilung beitragen, mit dem erklärten Ziel, den eigenen traurigen Zustand anzunehmen, wenn möglich als Freund – ich meine hier den Zustand meines *Porsches*, wie das Teil dort unten in dem Department *(corporate financing)*, das ich nach Kräften bereichert habe, genannt wurde.

Aber welcher Mann, der es gewohnt ist, in vier Sekunden auf hundert zu sein, will schon ein Wrack als Freund? Und überhaupt: Ich wollte bereits mit zwölf eine Freun*din*, und am liebsten wäre mir Romy Schneider gewesen, was mit dem Auftauchen alter Zeitschriften infolge einer polizeilichen WG-Durchsuchung zu tun hatte, nachdem Ursel genau zweihundert Meter unterhalb meiner späteren Wirkungsstätte vom Staatsschutz fotografiert worden war: als Aktivistin im sogenannten Frankfurter Häuserkampf. Zu dem wenigen, was der Polizeitrupp unbeachtet gelassen hatte, gehörten die *Bravo*-Hefte und andere Illustrierte aus Ursels Jugend, und ich stieß auf ein ganzes Heft aus Anlass des dritten und abschließenden *Sissi*-Films und verliebte mich in das süße Gesicht der Schneider, das war das eine. Und das andere vollzog sich dann, ironischerweise, vor dem durchtriebenen Gesicht von Liz Taylor in einem Bericht über den Film *Giganten* mit dem saumäßigen Schauspieler James Dean, der auf einmal das viele Öl findet: links die Taylor mit ihrer spitzen Brust unter einer engen weißen Bluse und rechts der abgerissene Typ mit dem emporschießenden schwarzen Strahl. Und kaum war von meiner Seite, mit Blick auf die Taylor, getan, was getan werden musste, gingen die Gedanken – auch in späteren Beziehungen stets das Problem – zu dem Ölfund beziehungsweise sprudelnden Reichtum. Und in den ersten Waldhausmonaten mit viel Zeit zum Nachdenken erkannte ich in diesem Bild – der Ölstrahl und sein Einfluss auf das Glück – einen der Gründe dafür, dass ich bis zu der Heiligabendsache zu denen gehört hatte, die durch Termingeschäfte mit dem Ölpreis spielten, während ich mir weiter den Kopf darüber zerbrach, wie ein Korkenzieher von Alessi so sehr von seinem eigentlichen Ziel, dem Korken einer Flasche Tignanello, zur Feier des Abends von mir mitgebracht, hatte abweichen können.

Und über all dem Nachdenken war der Winter zu Ende gegangen und Frühling und Sommer verstrichen, und ich war immer noch an den Rollstuhl gefesselt, ohne die angestrebte Freundschaft geschlossen zu haben; die Heilung hatte bis zum Herbst keinerlei Fortschritte gemacht, auch wenn ich mir in manchen Nächten schon vorstellte, Bett und Rollstuhl zu verlassen, um ein Leben in der Karibik zu führen. Erst in der zweiten Septemberhälfte, während außerhalb des Kurparks die Geldwelt aus den Fugen geriet, kam mit einem Mal Bewegung in das Ganze: kaum auszudenken, wenn man bis dahin nur im Einerlei der Tage eines Waldhauspatienten von morgens bis abends auf ein Wunder gewartet hatte.

3

Der Kuralltag in dem festungsartigen Haus mit eigenem Park begann, entgegen allen üblichen Gepflogenheiten in Einrichtungen dieser Art, erst um acht Uhr dreißig mit dem Geräusch eines Staubsaugers auf dem Flur – in der Bank für mich höchstens ein Zeichen, schlafen zu gehen, wenn nämlich die rumänische Putzkolonne morgens um fünf in meine Abteilung kam und ich immer noch am Bildschirm saß, neben mir die Pizzareste der Nacht. Nie war ich dagegen von Staubsaugerlärm geweckt worden, schon gar nicht in der Kindheit, weil keine meiner WG-Tanten auch nur auf die Idee gekommen wäre, Staub zu saugen.

Ich war jedenfalls immer schon wach, wenn mir die kleine Kim – die ich Kim I nenne, um nicht den Überblick zu verlieren – das Frühstück brachte. Kim I hatte stramme weiße Beine, die unter ihrem Kittel aufleuchteten, wenn sie sich nach einem Knopf oder Geldstück bückte, von mir schon nachts auf dem Boden platziert, und obwohl mein Trick längst durchschaut war, hob sie die Dinge weiter auf und reichte sie mir mit einem Lächeln, für das ich inzwischen so dankbar war wie für strahlende Pobacken in früherer Zeit, auch wenn mich diese Zeit mehr als alles andere beschäftigte: angeblich eine kindliche Fixierung, wenn ich Frau Dr. Schmauch, meiner Gesprächstherapeutin, folgte. Und ihr folgte ich nur allzu gern, weil sie eine Stimme hatte wie Romy Schneider, weich und verlangend, wie in *Das Mädchen und der Kommissar*, dem Film, den Ursel nach Aufkommen der Videorekorder immer wieder heimlich gesehen hatte in ihrer Frauen-WG, mit mir an der Seite; eine Stimme, die es völlig unmöglich machte, dem, was die Schmauch sagte, zu widersprechen. Die Gedanken waren einfach woanders, sie waren bei ihren halblangen wippenden Haaren, wenn sie zur Tür hereinkam, und den von engen Pullovern bedeckten Hüften, bei ihrem Mund, der eher schmal war und doch etwas Volles hatte, sozusagen das volle Programm versprach, und ihren erwachsenen Händen, die sie gern im Schoß hatte, aber nicht ausruhend, eher sprungbereit: als könnten sie jederzeit auch bei mir landen. Und genau dahin wanderten die Gedanken im Laufe jeder Sitzung mit Frau Dr. Schmauch: zu ihren Händen in meinem Schoß, etwas weiblich Warmem, wie ich es zuletzt mit meiner fast großen Liebe erlebt hatte, in der Woche, als das Barrel Rohöl die Hundertdreißigdollarmarke nahm und mir ein Bonus winkte, für den viele ein Leben lang schuften müssten. Und hier wäre die Gelegenheit, das Thema zu wechseln und von Geld und Autos zu reden, also auf meine innigsten Beziehungen zu kommen, aber die Schmauch riet einem bei jeder Gelegenheit, auch dem Peinlichsten die Stirn zu bieten; also bleibe ich noch bei dem Drang, meinen Porsche einem weiblichen Wesen anzuvertrauen: dem Drang, der immer noch da ist, trotz Korkenzieherattacke – von der ich im Übrigen wollte, sie hätte mir auch die Wünsche verstümmelt.

Schon seit den ersten Tagen in dieser Suite – einer der bescheideneren im Waldhaus, das man sich als diskretes, leicht verblichenes Schloss vorstellen muss, still auf bewaldeter Anhöhe – hatte mich zum Beispiel der Mund von Kim II beschäftigt. Sie war für die Reinigung der Räumlichkeiten zuständig, und die Art, wie sie nach dem Frühstück, also dem Auftritt der kleinen Kim I, das Parkett wischte – etwas gelangweilt, aber auch konzentriert, konzentriert auf mich, der ich vom Bett aus zusah –, weckte meinen ganzen unversehrten Drang. Kim II konnte etwas Englisch, und hätte mich nur ein kaputtes Bein an den Rollstuhl gefesselt, wäre es sicher ausreichend gewesen, um sich mit ihr über das Wetter oder die Bedingungen ihrer Arbeit, wenn nicht über koreanisches Investment zu unterhalten, also ihr Vertrauen zu gewinnen, mit dem Ziel, sie nach einigen Tagen um ein wenig praktische Anteilnahme zu bitten. Aber ich litt an kaputtem Schwellkörper, um im Bild zu bleiben, einem, der beim geringsten Anwachsen, ja oft schon bei dem Gedanken daran, mit Koliken und einem inneren Glühen antwortete.

You better today?, fragte Kim II in einer Verschnaufpause gern, noch vor dem Bett kniend, und ich sah auf ihren wirklich erstaunlichen Mund, erstaunlich, weil er so harmlos hübsch war, mit blassen, aber großen Lippen, die obere wie mit dem Zirkel gezogen, die untere etwas hingeworfen, eine strenge und eine schlampige Lippe, dazwischen die weißesten Zähne und gelegentlich eine verlegene Zungenspitze, wie nach ihrer Frage. No, erwiderte ich dann immer wahrheitsgemäß, und sie setzte ihr Gewische fort, während ich die Decke zurückschlug, mehr aus alter Gewohnheit in Gegenwart einer Frau als in der Hoffnung, ich könnte Kim II damit erweichen. Wie in sich verkrümelt lag dann mein Porschewrack als hellbeiges Würstchen da, kaum aus der Behaarung ragend, die ich nicht mehr entfernt hatte, für wen auch; etwas Lebloses ging von ihm aus, ein Anblick, auf den meine badische Krankengymnastin gern mit einem Seufzer reagierte.

Sie hieß Marlies und war offenbar glücklich verheiratet, jedenfalls erzählte sie bei jeder Gelegenheit von ihrem Mann, den Kindern und einem weißen Pudel, während die kräftigen Hände, von mir privat bezahlt, alles taten, um mich aus dem Rollstuhl zu kriegen, das hieß, meine schon dünn gewordenen Beine nicht noch mehr verkümmern zu lassen, sondern im Gegenteil: sie wieder in Schwung zu bringen. Nur wollte ich in den ersten Waldhausmonaten gar nicht in Schwung gebracht werden; wenn es etwas gab, woran ich noch Halt fand, dann war es die Unbeweglichkeit. Ich hatte Milliarden um den Globus bewegt, meine Pupillen waren nie zur Ruhe gekommen, jetzt wollte ich nur noch traumlos schlafen – oder *ins Nichts flüchten*, wie Frau Dr. Schmauch mein Bestreben schon in der zweiten Sitzung gedeutet hatte. Sie ist recht intelligent und sieht noch dazu gut aus, bis hin zu den Waden und Fesseln, auf die ich Wert lege, eine insgesamt furchteinflößende Mischung aus Köpfchen und anderem, wie bei der Frau, die mir am Ende zum Verhängnis wurde. Und wenn die Schmauch nach unseren Gesprächen in der Suite noch mit den Fingernägeln leicht zerstreut über ein Buch auf meinem Nachttisch strich, so war auch das nicht ohne.

Die ganzen Monate über lag dort zuoberst das schmale Buch eines lebenden Philosophen, der darin einen letzten Gottesbeweis führt – besonders in den toten Stunden des Tages die beste Lektüre für jemanden, der den Ölpreis und damit den Wert der ganzen Welt in die Höhe getrieben hatte, schon um zu erfahren, wer noch über ihm stehen könnte. Ich mochte übrigens diese toten Stunden, sie waren wie ein Teil von mir oder bestätigten mein lebloses Dasein; die erste begann mit dem

Abgang von Kim II stets mit den Worten *You will be better tomorrow* und endete mit der Visite von Professor Cordua, zuständig für alle körperlichen Beschwerden und außerdem Leiter und Gesellschafter des Waldhauses, ein Mann, der mir seit meiner Einlieferung Anfang März einmal pro Woche das Leben vergällt hat, als würden durch seine Hand all die faulen Zahlenströme, die ich je auf den Weg gebracht hatte, zu mir zurückkehren, glühend durch meine Harnröhre.

4

Ansonsten hatte ich den Monat März lesend verbracht, wie das die Bettlägerigen oder Verzweifelten ja oft tun, sonst gäbe es längst keine Bücher mehr für diese Sorte Menschen. Ich las *Die Leiden des jungen Werthers*, der Waldhausbibliothek entnommen, der Titel hatte mich angesprochen, und Goethe schien mir der richtige Mann für ein Buch, das es mit dem Hämorrhoidenbestseller aufnehmen konnte. Nur war dann das Leiden bei Goethe kaum zu vergleichen mit dem der jungen Autorin oder mit meinem Leiden, höchstens in seiner Ursache, nämlich der Liebe: die mir nach wie vor ein Rätsel war. Andererseits hätte der Ausruf *Es kann nicht, es kann nicht so bleiben!* auch mein Ausruf sein können. Und dann fielen einem wie mir auch die zwei Ökonomien auf, die Goethe gegeneinandergestellt hat: auf der einen Seite Werther, der Liebende, der alles vergeudet, ohne irgendetwas, schon gar nicht seine Zeit, in Rechnung zu stellen, auf der anderen Seite Albert, der Ehemensch, der sich sein Glück kleinkrämerisch einteilt; was fehlte, war der Weg, mit dem man Erfolg hat, das gemanagte Risiko. Alles in allem also kein Ratgeber, aber ich kam damit über den März.

Und den Februar, um das hier auch gleich zu sagen, also die erste Zeit nach der stationären Behandlung, verbrachte ich in Ursels Alters-WG mit Fahrstuhl und Balkonblick auf die Straßenecke, an der sie im Häuserkampf unseren späteren Außenminister vor dem Schlimmsten bewahrt haben soll, sodass es in ihren Kreisen schon hieß, nicht Gunther, sondern er sei mein Erzeuger – ein absurder Gedanke, wenn man mein Hybrid-Financial-Product-Gesicht betrachtet (spitze Nase, blaue Augen, unbestimmtes Lächeln). Auf jeden Fall war ich zur weiteren Pflege vorübergehend in der Luxus-WG, in die ich Ursel eingekauft hatte; sie lebt dort mit zweien aus der alten Nordend-Bande, pensioniert nach dreißig Jahren Familienberatung, und diese beiden, Bea und Doro, schwankend zwischen alter Zuneigung zu *Dannymann*, wie mich Ursel ja heute noch nennt, und stiller Sympathie für die Korkenziehertäterin (fürchte ich), wurden nicht müde, beim abendlichen Rotwein die Umstände meiner Geburt zu wiederholen, als könnte die so frühe Erregung ein Trost für den vorzeitigen Wegfall jeder späteren sein. Allerdings steckte mir Doro dann noch ein Büchlein zu, nachdem ich mehrmals vom Hämorrhoidenhit der jungen Helen erzählt hatte, wie die Autorin und deren Hauptfigur heißt – ich sollte das im Waldhaus bei Gelegenheit lesen, sagte sie hinter vorgehaltener

Hand zum Abschied: eine Erzählung, die das Wesentliche aus dem Helen-Ding schon enthalte, nur wahrer und knapper. Bis Ende September lag sie dann aber unter dem *Letzten Gottesbeweis* auf meinem Nachttisch herum, diese kleine Erzählung mit dem Titel *Der Mann im Flur*, von einer Französin, wen wundert's.

Ein Grund dafür waren auch die regelmäßigen Lesungen im Kaminfoyer des Waldhauses: man bekam dort automatisch eine Dosis an Schwerem, wozu also auch noch vor dem Schlafengehen sich mit Lektüre belasten? Die Lesungen fanden zweimal im Monat statt, immer an Sonntagen, wenn die allgemeine Bedrückung am spürbarsten war, ob im Speisesaal oder in dem kleinen eigenen Kurpark. Es waren Nachmittagsveranstaltungen, um die ärgsten Stunden des Sonntags aufzufangen, die zwischen drei und fünf, und folglich war jeder Platz im Kaminfoyer besetzt, und es wimmelte von bekannten Gesichtern, eine Situation, die für die Autoren recht schmeichelhaft war und dem Waldhaus sicher eine Handhabe bot, die Honorare zu drücken. Auf diese Weise konnte man sich die erste Garde leisten, wie etwa den einzigen Autor (laut Selma), der es nur mit dem hat, was Menschen des Nachts beschäftigt und was sie lieber verschweigen. Er las im August, an einem windlosen glühenden Sonntag, und erlitt danach einen kleinen Zusammenbruch auf der Sonnenterrasse, für mein Gefühl inszeniert, um ein paar Tage in der schönen Umgebung herauszuschlagen, und daraus wurden dann Wochen. Eine Patientin, die schon während der Lesung ständig applaudiert hatte, nahm ihn in ihre Suite; sie war mal

Sportlerin des Jahres gewesen und schlich wie keine andere einsam durch die Flure, bis zu dieser Lesung. Auf jeden Fall wurde der *Nachtseitenautor*, wie ich ihn nenne, mit Hilfe der verliebten Exsportlerin – ich glaube, Tennis und immer noch niedlich, nur eben depressiv – selbst ein Waldhauspatient, was allein durch die Behandlungskosten schon über seinen Verhältnissen lag. Er brauchte Geld, das sah man, jedenfalls sah es einer wie ich, und auf meine Frage, ob er mich in Sachen Schreiben gegen Honorar hin und wieder beraten könnte, kam sofort ein *Meinetwegen*, trotz seines Rufs, ein arroganter Hund zu sein.

Und die Übrigen, die im Waldhaus auftraten, bekamen alle naselang Preise und lebten noch dazu von der Kulturstiftung, wie der Autor, der am ersten Novembersonntag im Kaminfoyer lesen sollte. An jeder Ecke hing schon sein Foto, ein Mann mit hoher Babystirn und Fliege, den sogar ein bekannter Kritiker einführen würde, beide Namen standen auf dem Plakat – *Ludger Truchseß liest aus seinem Goethe-Roman, Einführung Dr. Humbert.* Aber es hatte auch schon ein leibhaftiger äthiopischer Prinz im Waldhaus gelesen, aus seinem Buch über Manieren, ein nicht sehr angebrachtes Thema an diesem Ort.

5

Die Dauerpatienten im hotelartigen Waldhaus, mich vielleicht ausgenommen, wussten natürlich genau, was Manieren sind; sie hatten sie mit der Muttermilch aufgesogen und klammerten sich, während der Mahlzeiten oder danach im Kaminfoyer, geradezu an Förmlichkeiten, als ließe sich der Krankheitsverlauf damit günstig beeinflussen: Purer Unsinn! Denn die Mehrzahl der Patienten litt ja am *NPK-Syndrom*, einer noch kaum erforschten, erst mit Beginn des neuen Jahrhunderts vor allem in unseren Breiten aufgetauchten Krankheit – von den einen etwas leger *Prominentenklimakterium* oder *Promiklatsche* genannt und von anderen, wie der Schmauch, *Narzisstische Persönlichkeitskrise* oder eben NPK-Syndrom, auf jeden Fall verbunden mit manisch-depressiven Phasen und Wahnvorstellungen infolge verblassender Prominenz oder, bei Patienten wie mir, des verlorenen GT-Appeals.

Und so hatte man es ständig mit irgendwie bekannten Gesichtern zu tun, von früheren Moderatorinnen, die immer noch Talkrunden suchten, über junge Models, die alles schon hinter sich hatten, bis hin zu Exfußballgrößen, die vor sich hin murmelten, oder eben der Sportlerin des Jahres sowieso, jetzt am Bademantelzipfel eines hochstaplerischen Mitpatienten und düsteren Autors. Es war eine schillernde Ansammlung, schillernd wie altes Fleisch, und ein normaler, nur vermögender, nicht aber prominenter Patient stand in der Versuchung, bei Angehörigen und Freunden mit all den Namen Eindruck zu schinden. Und doch drang kaum etwas nach außen, wie in meiner alten Abteilung, dazu reichten einige Unterschriften in Gegenwart stiller Juristen am ersten Waldhaustag; man beließ es bei Andeutungen: nicht leicht für einen, der schreibt.

Aber auch Andeutungen machen den besonderen Charakter des Waldhauses schon deutlich, ich beschränke mich auf wenige. Neben zwei Altvorständen meiner Bank, die die Globalisierung verschlafen hatten, aber Abend für Abend im Kaminfoyer über Fusionen sprachen, wäre noch ein greiser Riese im Rollstuhl zu erwähnen, der mir gegenüber – vielleicht nur, weil ich auch im Rollstuhl saß – immer mit nuschelnder Stimme erklärte, er habe die deutsche Wiedervereinigung bewirkt, allerdings auf meine Frage, ob er der Altkanzler Kohl sei, nur hartnäckig den Kopf schüttelte; möglicherweise war er dessen Doppelgänger a. D., auch schon vom NPK-Syndrom befallen. Und um den ersten Eindruck abzurunden, greife ich noch den latinohaften Barmann im Kaminfoyer heraus, Paolo, einen früheren Patienten, der den Status gewechselt hat und mir gleich beim Mixen eines Drinks bekannt vorkam, ich konnte ihn nur nicht einordnen, bis mir ein anderer Exvorstand, der bedauernswerte Mann, der seinen Namen auf jeder Klowand findet, einen Tipp gab: Das sei doch der feine Pinkel, der mal alle in seiner Sendung zur Sau gemacht habe, *Tja, ja, so geht's dann*. Kurzum: Verflossene des großen Publikums, der Millionen vor dem Fernseher, bildeten die Mehrheit unter den knapp hundert Waldhauspatienten, davon die Hälfte weiblich, und alle bis auf den Autor noch vermögend genug, um den Tagessatz von eintausendachthundert Euro hinblättern zu können, Diskretion inbegriffen.

6

Doch von sich selbst kann man erzählen, hier endet jede Diskretion, und die Erinnerung fängt an. Regel Nummer drei: Schreiben heißt sich erinnern, ohne Rücksicht auf Verluste (also das Gegenteil von *hedging*); wer von sich erzählen will und zugleich ein guter Mensch sein möchte, wird nie ein gutes Buch zustande bringen, Punkt.

Ich bin jedenfalls *kein* guter Mensch, ich meine, keiner, der zum Beispiel den Wald mag, den ich von meiner Suite aus im Blick hatte, oder sich für bedrohte Arten starkmachen würde. Wald und Wiesen sind mir so gleichgültig wie Kröten oder Buckelwale und überhaupt alles Umweltliche bis hin zum Klima – das wir im Übrigen so wenig verstehen wie die Schwankungen der Weltwirtschaft. Was wir verstehen, sind nur die Folgen unseres sogenannten Klimawandels, in meinem Fall höchst positive: in Form immer längerer Sommer und immer kürzerer Röcke. Bis zu der Heiligabendattacke bestand meine Umwelt aus hellen Bildschirmen und blonden Beinen, und die einzige bedrohte Art, für die ich mich eingesetzt hätte, wären Pornomodelle gewesen. Diese Frauen haben es ja weit schwerer, als man sich vorstellt, wenn man nur daran denkt, dass sie bei alldem noch eine gewisse schauspielerische Leistung erbringen müssen, damit

Begierde, Hingabe und Raserei auf den Betrachter überspringen; aber auch der männliche Part dürfte kein Zuckerschlecken sein, wobei sicher die rückwärtige Nummer – in meiner Abteilung gern auch die *Auspuffnummer* genannt – der schwierigste Teil ist, was ja auch der Hämorrhoidenrenner, der mir die Zeit in der Urologie verkürzt hatte, eindrucksvoll bestätigt – sicher einer der geheimen Gründe, warum diesem Buch, neben dem Verkaufserfolg, breiteste Anerkennung zuteilwurde, sogar auf den Kulturseiten meiner Leib- und Magenzeitung, zu denen ich normalerweise gar nicht vorstoße, wenn Wirtschafts- und Automobilteil gelesen sind.

Und selbst beim ersten Telefonat mit meiner fast großen Liebe nach ihrer Attacke, einem Anruf am Krankenbett – meine Anwälte (Morton, Cliffort, Weidenfels), hatten von direkten Kontakten abgeraten –, ging es um dieses Buch. Die schöne, gescheite Selma, deren Namen ich ändern wollte, um ihn nicht ständig verwenden zu müssen, aber mir fiel kein besserer ein, Selma also, die Leiterin der Kulturstiftung, sprach von einer *Nobilitierung des Analen*, als wollte sie vom Gemeinen ihres Anschlags auf das Genitale ablenken – ihr tue die Verfasserin fast leid, sagte sie, was mich nur entgegnen ließ, ob es nicht angebrachter sei, dass ich ihr wenigstens *etwas* leidtue, Ende des Gesprächs. Auf jeden Fall war es für einen wie mich überraschend, ein solches Buch als Beitrag zum Feminismus gefeiert zu sehen, und aufgrund meiner hoffnungslosen Lage, zwischen den Beinen nichts als Mull, fühlte ich mich der nonnenhaften Autorin – ich sah sie im Fernsehen –, dieser jungen Schwester Helen, die für mich gleich eine *fromme Helene* war, zu Dank verpflichtet, war es doch jetzt möglich, über alles Mögliche auch noch möglichst offen zu reden, wenn man's schon nicht mehr tun konnte.

Meine erste Auspuffnummer – um mit dem Heikelsten anzufangen –, die erste, auf die ein neuerdings zu Ehren gekommener weit gröberer Ausdruck zutrifft, spielte sich mit einer Kieferorthopädin ab, die mir die Weisheitszähne entfernt hatte, kein so leichter Eingriff, aber schon dabei bewies sie Geschick und Nerven. Einige Wochen nach der Behandlung traf ich sie dann zufällig im Urlaub wieder, solo in einer tunesischen Hotelanlage, und wir wandelten die bereits vorhandene zahnärztliche Nähe zügig in eine private um. Unser erster Verkehr hielt sich noch im Rahmen des Üblichen, auch wenn dabei schon ein Füllfederhalter von Montblanc, mit dem sie sonst Briefe schrieb, seine neue Bestimmung fand, und beim zweiten Mal geschah es: Plötzlich bestrich sie meinen Porsche mit Tiroler Nussöl, was ihn sofort auf Touren brachte, und hielt mir auch schon den Allerwertesten hin, und ich glitt so leicht und ohne jede Scham in diese meist verunglimpfte Öffnung, dass ich fast geweint hätte vor Freude – geweint, um das ganz klar zu sagen, weil ich mit Haut und Haaren oder Leib und Seele und nicht nur GT-mäßig oder sexuell *im* Arsch war und nicht *am* Arsch, so wie in meiner Suite im Waldhaus, speziell nach Professor Corduas Visite.

Im und *am*: Die ganze feine Genauigkeit unserer Sprache (die wir Analysten und Investment Player dem Englischen geopfert haben) zeigt sich hier in zwei unscheinbaren Präpositionen, die doch Welten voneinander trennen, durch einen einzigen Buchstaben im Grunde, eine winzige Lautverschiebung – damals zu meinen Gunsten; bliebe nur die Frage, warum aus mir und der Kieferorthopädin nach unserem Tunesienurlaub nichts geworden ist. Ich weiß es nicht. Und hätte ich die richtige Antwort, wäre ich vielleicht auch nie im Waldhaus gelandet. Fest steht nur: Sie wandte sich einem anderen zu, Museumsleiter in Berlin, ich sah sein Foto im Internet, ein stattlicher Beau (wie der Klinikprofessor); zwei, drei Briefe erreichten mich noch, mit dem Montblanc geschrieben, ein Abschied in Raten, und am Ende empfahl sie mir ein Buch, eine platonische Liebesgeschichte, *Die Sirene*, von einem Italiener, Lampedusa, wie die Insel, auf der die Schwarzen stranden. Ich habe es gelesen, aber wieder vergessen. Dafür weiß ich noch, dass meine freimütige Kieferspezialistin nach Berlin gezogen ist, so viel darf man sagen, weil es dort sicher mehrere ihrer Sorte gibt (und wer eine besonders qualifizierte sucht, kann sich gern an mich wenden).

7

Professor Cordua, ich habe es schon angedeutet, war ein Schönling, einer wie der Winnetou, der seit Jahrzehnten unsere Nationalspieler auf dem Fußballfeld innerhalb von Sekunden wiederaufrichtet, während der Waldhaus-Chefarzt auch nach Monaten das GT-Wrack seines Patienten Deserno – es wird Zeit für meinen klangvollen

Nachnamen – nicht einmal ansatzweise hatte heilen oder gar aufrichten können; schon ein leichter *porsche erectus* verursachte Schmerzen, die nicht einmal die Idee eines Vergnügens zuließen. Corduas Methoden hatten nur den Erfolg, sich mir einzubrennen wie die Korkenzieherattacke oder dieser ganze Heiligabend in Selmas weihnachtlich duftender Wohnung. Nun, Herr Deserno, rief er schon beim Betreten der Suite, wie geht es heute?

Nicht anders als gestern, hieß dann die Antwort, worauf der Schönling die Bettdecke zurückschlug, während eine Krankenschwester, die ihm stets auf dem Fuß folgte (Kim III), schon ein Paar Handschuhe bereithielt, dünn wie Kondome. Dieses Paar ließ er sich von ihr überstreifen, dann tastete er meine Kuppe ab, die immer noch einem Fleischstück glich, wie man es auf afrikanischen Märkten findet, fliegenumschwirrt, und hätte es solche Fliegen im Waldhaus gegeben, wäre mein Gebilde dort unten ihr natürliches Ziel gewesen. Ob das wehtue, fragte er und drückte auf die Zone mit den ärgsten Vernarbungen in der Harnröhre, den sogenannten Strikturen, die sich gefährlich verengen konnten. Ja, sagte ich, und er sprach vom Bougieren, das die Dinge verbessere, und meinte damit das Einführen von Metallstäbchen, die das Gewebe dehnten, eine Prozedur, die zur Gänze an den Ausgangspunkt meines Leidens erinnerte, aber für Seelisches war Cordua nicht zuständig. Schließlich ließ er sich die Handschuhe wieder abstreifen und kam zum nächsten, weniger intimen Bereich, meinen recht dünn gewordenen Beinen, denen seiner Meinung nach nur die Bewegung fehlte. Jetzt stehen Sie einfach mal auf, Herr Deserno, und gehen Sie durchs Zimmer, rief er gern, und ich verkniff mir jedes Mal, ihn daran zu erinnern, dass er lediglich Chefarzt war und nicht Gottes Sohn. Er tastete dann auch die Beine ab, und man konnte förmlich sehen, wie der verantwortliche Mediziner des Waldhauses und der Gesellschafter desselben miteinander rangen angesichts eines Patienten, der seinen Aufenthalt offenbar unbefristet verlängern wollte. Am Ende noch ein matter Händedruck, und schon war Professor Cordua wieder verschwunden, und die zweite tote Stunde des Tages begann, bevor am späteren Vormittag Marlies, die Krankengymnastin, ihren Auftritt hatte.

Es war die Stunde des Grübelns über mein Leben, in dem vieles vorbestimmt zu sein schien – die frühe Besessenheit von dem kleinen Ding, das so nach oben ging wie das Logo einer Bank, meine beruflichen Ambitionen und der gewisse Größenwahn, ohne den man kaum rund um die Uhr vor Bildschirmen säße, um immer komplexere, sich jedem Verständnis entziehende Papiere in Umlauf zu bringen. All diese Dinge waren für mich klar, nur der Ort, von dem die Bestimmungen ausgingen, blieb im Dunkeln, je nachdem, ob man nun an Gott glaubte oder an den Zufall oder an Rating-Agenturen. Ich dachte aber auch über die Liebe nach, warum sie so schwierig ist oder so schwierig für mich. Denn ich bin ja kein Albert, sondern viel eher ein Werther, einer, der seine Gefühle und vielleicht auch Talente verschwendet und der immer ganz bei der Sache war, auch wenn die Sache stank. Sie stank wie manches in meiner alten Abteilung, die in der Etage darüber, also in der Kulturstiftung, nur *Schweineabteilung* hieß, was höchstens zur Hälfte aus unseren Aktivitäten erklärbar war; alles Übrige hatte mit dem Dünkel dort oben zu tun. Und wenn ich zwischen Visite und Gymnastik darüber nachdachte, wie es mit mir so weit kommen konnte, führten die Gedanken über mich und Selma auch zu dieser speziellen Stiftung, die im Prinzip gar nichts Ungewöhnliches war.

Wie jedes bedeutendere Geldinstitut hatte natürlich auch meine Bank – ich sage immer noch *meine*, wie man es auch nach Trennungen mit seiner Ex tut – eine eigene Abteilung, die sich nur mit dem Ansehen der Bank befasst, aus der Gewissheit heraus, dass die Methoden jeder Bank, ihren Gewinn zu steigern, ob offen angewandt oder diskret, dieses Ansehen auf gleichsam natürliche Weise nach unten drücken. Und das Department, das bei meiner einstigen Bank diesem unvermeidlichen Trend entgegenzuwirken hat (inzwischen fast aufgelöst, um Liquidität zu schaffen), heißt eben Kulturstiftung, was ja an sich schon ein gelungener Coup ist. In dem Namen schwingt sowohl die Uneigennützigkeit mit als auch eine Liebe zu Höherem oder Wertbeständigerem als dem Geld, um das es aber in einer Bank ausschließlich geht, letztlich auch in der Etage *über* der Schweineabteilung, wo man mit einem Stiftungsvermögen von fünfzig Millionen gespielt hat. Unterstützt wurden damit ganze Orchester und Dutzende bildender Künstlerinnen, die sich in alle Richtungen austoben durften, aber auch Literaten, die für besonders begabt galten, und Selma war vor allem für diese Handvoll Begabter zuständig, als wir uns kennenlernten – später dann eher ihr Steckenpferd in der *Kosmetikabteilung*, wie diese Etage wiederum in der darunterliegenden genannt wurde. Selma machte nämlich rasant Karriere, mit Hilfe des Vorstands, der sie aus einer Kulturredaktion abgeworben hatte, und zwar jener meiner Leib- und Magenzeitung. Angeblich hatten ihn ihre Artikel beeindruckt, in Wahrheit waren es ihre Augen und natürlich ihr Mund gewesen, der ja tatsächlich umwerfend ist. Die zwei hatten eine Art Verhältnis, etwas mehr als platonisch, einen Jour fixe, an dem Selma zwischen Ehegejammer, Austern und Wolfsbarsch über erotische Literatur sprechen musste, bis ihr Gegenüber in Sternchenlokalen wie dem Charlot am Opernplatz unter dem Tisch in seinem englischen Anzug kam, wie sie mir einmal gestanden hatte. Nur wurde sie mit Hilfe des *Vorständers*, wie ich ihn nannte, nicht nur Head of Department, sondern durfte auch den bankeigenen Jet benutzen, um ihre Schäfchen zu besuchen; und bei einem dieser Flüge traf sie auf mich als einzigen weiteren Passagier, aber davon später. Ich möchte jetzt auf die Frau kommen, die ehrlich bemüht war, mich wieder auf die Beine zu bringen.

Marlies, also meine Krankengymnastin – Mitte vierzig, etwas drall und mit dem volkstümlichen Humor der Badenserin –, sprach nicht nur gern über ihre Familie, sie sprach überhaupt gern und viel, während sie meine Beine massierte, und je näher sie der kritischen Zone kam, desto näher rückte auch ihre Bemerkung, dass ich ja noch Glück gehabt hätte, weil die Korkenzieher von Alessi bekanntlich aus Edelstahl seien, also völlig rost- und keimfrei. Ich äußerte mich dazu nicht weiter, ich nickte höchstens, und sie fuhr fort mit ihrem Gerede, stimmlich an den früheren Nationaltorhüter Kahn erinnernd, im Übrigen genauso verbissen, was ihre Arbeit anging, sonst hätte sie mich am Ende der Massagen nicht jedes Mal zu einem Gehversuch vom Bett zum Balkon gezwungen. Sie griff mir einfach unter die Arme – die nach Jahren im Fitnessstudio noch muskulös waren vom Rollstuhlfahren –, und ich ließ alle Bemühungen scheitern, indem ich nach zwei Schritten einknickte, von ihr gerade noch gehalten. *Schlappschwanz!*, rief Marlies dann lachend, und ich sagte: *Jawohl.* Und während sie weiter von ihrer Familie erzählte, von dem Pudel und den Kindern und einem Mann, der aus Prinzip nicht Auto fuhr, also wirklich ein Schlappschwanz war, gingen meine Gedanken zu dem, was ich *vor* der Attacke zu bieten hatte.

Mein Porsche war gut gebaut, sonst hätte er den Namen nicht verdient, da war nichts Birnenförmiges, da war alles schnittig, sogar im Ruhezustand. Er hatte den Farbton von Latte macchiato und erreichte in Bestform die Ausdehnung einer Monte Christo, wobei die Kuppe dann keine ballonartige Aufblähung ergab, sondern eine nur leicht vergrößerte Fortsetzung war, vorn mit perfekter Doppelrundung: Alles vorbei. Inzwischen baumelte dort etwas, dem sogar die koreanischen Schwestern Bedauern entgegenbrachten, zumindest in meiner Gegenwart; kaum vor der Tür, kicherten sie. Und so war es auch kein Wunder, dass meine Krankengymnastin ihren Humor einsetzte, um das Häufchen Elend, das ich nach dem Einknicken war, wiederaufzurichten. Besser schlapp als gar kein Schwanz, sagte sie gern und hob mich dann auch gleich, weil das Mittagessen bevorstand, in den Rollstuhl, ein Modell mit Vollausstattung, sogar mit einer Art Spoiler in Form der nach hinten verlängerten Kopfstütze, dazu gute Beschleunigung, wenn man sich aufs Fahren verstand. Und meinen Energieverbrauch bestimmte die exzellente Küche des Waldhauses.

8

Nach der Massagestunde rollte ich mich immer gleich in den Speisesaal, einen großen Raum mit Stuckdecke und altem Parkett neben dem Kaminfoyer. Er besitzt eine Fensterfront mit Blick auf die Rheinebene, und nur die Dauerhaftesten unter den Dauerpatienten haben dort einen festen Tisch, wie etwa die Person, die unzählige Male immer die gleichen Leute und oft auch dieselben zu einer Rederunde im Fernsehen versammelt hatte, bei der auch immer dasselbe herauskam, nämlich gar nichts, oder der Riese im Spezialrollstuhl, der auf alle Nachfragen zu seiner Person beharrlich den Kopf schüttelte – für mich der Altkanzlerdoppelgänger a. D., sonst wäre es ein listiges, odysseusmäßiges Kopfschütteln gewesen. Wie auch die anderen an der Fensterfront hatte er mittags sein besonderes, nicht auf der Karte aufgeführtes Essen, oft ein Beefsteak Tartar, von einer weiblichen Küchenhilfe mit sämtlichen Zutaten an den Tisch gebracht und dort nach hingenuschelten Anweisungen zu einem blassroten Breichen verrührt, das er am Ende schwer atmend zu sich nahm.

Ein anderer Patient mit Fenstertisch war dagegen ganz sicher der, für den man ihn immer noch hielt, ein langer Graukopf mit Brille, der sogar beim Suppelöffeln traurig vor sich hin grinste, lange Zeit der bekannteste Spaßvogel, Witzelieferant für die halbe Schweineabteilung. Er sah immer ganz neidisch auf das angemachte Tartarbreichen des Riesen und die Küchenhilfe in weißer Schürze und bestellte es schließlich auch, mit noch mehr Zutaten, ebenso ein Fußballer, für den Ursel schon in meiner Kindheits-WG hinter dem Rücken der anderen Frauen geschwärmt hatte, wenn ich ihn nicht mit einem bayrischen Schauspieler verwechsle, dem ein ähnlich rollendes R gelang. Aber die ganze bevorzugte Fensterfront war überhaupt nur mit einstigen Lichtgestalten besetzt, mit Leuten, die wahllos in den Saal grüßten, sobald jemand eintrat. Eine Art Inkontinenz lag in diesem Grüßen und sogar Zuwinken, ein unkontrollierbares, ständiges Heraussickern aus einer niemals entleerten Selbstblase: Teil des NPK-Syndroms, wie mir die Schmauch mit weicher Stimme erklärt hatte, dieses verbreiteten Leidens im Waldhaus, auch *Horror Vacui*-Krankheit genannt. Man litt unter dem Leereschock, dem Nichts anstelle früherer Größe, was ja bei mir mehr als bildlich zutraf, und bei jeder der ausgiebigen Mahlzeiten – drei bis vier Gänge vom Feinsten und nur italienisch (bis auf den Rindfleischbrei), unter den Augen von Oberkellner Giuseppe, der aus dem Umland von Leipzig kam und eigentlich Josef hieß – spürte man das generelle Hadern mit dem Schicksal, auch wenn es allen im Saal, mit etwas Abstand betrachtet, bedeutend besser ging als den meisten, die sich außerhalb der umzäunten und von einem russischen Sicherheitsdienst bewachten Kurklinik um ihr täglich Brot bemühten; jeder hatte hier sein Depot plus Schweizer Konto, die einzige Ausnahme war der Autor, der mich bisweilen beriet: Er nahm nur Bargeld als Honorar und ließ sich ansonsten von der einstigen Tennisfee aushalten.

Der ganze Typ war schon sechzig, beim Schreiben vielleicht ein Vorteil, nur kam die Gönnerin nachts sicher zu kurz, seine Gegenleistung spielte sich tagsüber ab. Er blies ihr bei jedem Essen ins Ohr – ich konnte es am Nebentisch hören –, dass sie noch immer die Größte sei, wodurch sie erschreckend aufblühte, sogar schon von ihrem Comeback sprach, und Mitte September – kurz bevor es bei Lehman krachte – auf dem Sprung war, das Waldhaus samt ihrem Liebhaber zu verlassen. Er und ich, wir hatten dann noch ein letztes Gespräch im Kaminfoyer, von Mann zu Mann, wie man sagt; er schlug mir vor, mein Co-Autor zu werden, und ich lehnte rundherum ab. Natürlich ging es ihm um Geld, seine kleinen Erlöse aus Büchern steckten dummerweise in Bankaktien, aber warum sollte ausgerechnet ich das Rettungspaket schnüren? Zwar konnte er wirklich schreiben, was ja kein Wunder ist, wenn man seit dreißig Jahren nichts anderes tut, ich aber konnte es seltsamerweise auch, jedenfalls in meinen Notizen, wenn auch oft ohne Punkt, weil es nur so herausbrach aus mir. Außerdem schielte er, glaube ich, auf eine Danksagung vorn im Buch, so was wie: *Ich danke meinem Co-Autor für seine große Geduld und noch größere Nachsicht gegenüber einem Mann, der immer nur an das eine denkt, dies aber mit der ganzen Vielfalt einer Schriftstellersprache ausgedrückt haben wollte – Daniel Deserno.* Von wegen.

Er verschwand also mit seiner wiedererblühten, geradezu fett gewordenen Sportlerin des Jahres sowieso, und das genau an dem Montag, als die Lehman-Bombe platzte und unsere liebe Kreditförderungsbank noch rasch dreihundert Millionen an die Pleitebrüder überwies; und für eine einzige Mahlzeit, nämlich das Abendessen an dem Tag, als das Desaster für alle ersichtlich wurde, war im Speisesaal wieder einmal ein Tisch frei, und in die starre Verteilung der bevorzugten und weniger bevorzugten Plätze kam eine leichte Unruhe – mit sensationellen Folgen.

Der Altkanzlerdoppelgänger a. D. bekam einen noch besseren Fenstertisch, mit einem Blick bis nach Frankreich an klaren Tagen, und dadurch rückte ein früherer Volkssänger nach, der neben dem Leereschock auch das Problem hatte, nicht mehr ganz jung zu sein, aber noch immer ganz schwul; er saß jetzt hinter dem riesenhaften Doppelgänger, was wiederum einen der Mitteltische-Inhaber auf den vakanten Volkssängerplatz brachte, mit der Folge, dass auch ich einen neuen Tisch bekam, einen mit Blick auf die offene Doppeltür zum Kaminfoyer, wo Paolo an der Bar schon das Eis für die Mojitos stampfte. Doch das Sensationelle war nicht der neue Blick beim Essen, es war eine neue Patientin, die erstmals am nächsten Mittag auftauchte und sofort, ob durch Bestechung oder Verdienste, einen Tisch auf meinem Speisesaal-Level erhielt.

Ich sah sie zunächst nur von hinten, eine schmale Person in weißer Bluse, dann aber, als ich mich etwas eilig hinausrollte, um vor der Sitzung mit Frau Dr. Schmauch noch ausgiebig auf die Toilette zu gehen – mein alter Takt aus der Schweineabteilung –, erschien kurz ihr Gesicht: das einer blassen Novizin, die mit großen Augen vor sich hin sah, einen Löffel mit Minestrone vor dem geschlossenen Mund, die andere Hand im dunklen Haar, als wollte sie sich ein Büschel ausrupfen. Gar kein Zweifel: Das war die blutjunge Autorin des Hämorrhoidenbestsellers, die womöglich an ihrer Turboperformance litt, etwas, das in der Geldvermehrungsbranche tödlich wäre.

9

Aber bleiben wir beim Tagesablauf. Meine paradoxe Gesprächstherapeutin (weiche Stimme, strikte Art), kam genau um vierzehn Uhr, bis dahin musste gelüftet sein. Ich stand also unter Druck von *zwei* Seiten, eine Anknüpfung an mein altes Leben, das nur aus Druck bestand, wenn etwa Risiken in Milliardenhöhe schnell versteckt werden mussten; und danach in eine Videokabine im nahen Bahnhofsviertel, um wieder auf die Erde zu kommen. An dem Tag, als die junge Autorin – knappe zwanzig, nicht älter – als Patientin auftauchte, saß ich allerdings vor Aufregung länger auf dem Klo, mit dem Ergebnis, dass die Schmauch eine für ihre Striktheit ungewöhnliche Veränderung vorschlug: die Stunde in frischer Luft auf dem

Balkon abzuhalten. Und dort griff ich das Thema der vorangegangenen Sitzung auf, nämlich die Entschädigungsfrage zwischen Selma und mir, worauf die Schmauch mit ihrer Kinostimme fragte, ob man nicht selbst derjenige sei, der die *Verantwortung* für seine Entschädigung trage. Immer wieder brachte sie dieses Wort, mit dem mich schon Ursel verfolgt hatte, und ich machte ihr klar, dass gar nicht ich, sondern Morton, Cliffort, Weidenfels, und auch nicht Selma, sondern ihre Leute (Baker, Schulz & Partner) an der Sache arbeiteten, und sie sagte, das sei Verdrängung, und ich sagte: Na und? Danach nur noch Schweigen, bis ich von Helen oder Helene erzählte: Man frage sich ja, was dieses Erfolgskind hier suche, oder? Und die Schmauch lächelte mich an: *Sie* fragen sich das, Herr Deserno.

Gescheite Frauen, muss ich hier einfügen, haben mich schon immer nervös gemacht, ja sogar fertig, wenn sie auch noch gut aussahen, und die Schmauch sah schon durch ihre Stimme so gut aus, dass ich es nicht wagte, sie nach dem Pobuch zu fragen: ob sie es gelesen habe. Obwohl von Haus aus nur Psychologin mit dem Schwerpunkt Analyse (nach Dr. Freud – ich nutzte im Waldhaus ganz neue Internetseiten), hatte sie als Einzige den Gesamtblick auf meine Beschwerden. So nannte sie die Gehstörung zwar psychogen, schloss also jeden körperlichen Zusammenhang mit den Verletzungen durch die Attacke aus, erkannte darin aber eine reaktive Somatisierung; und gegen meine Bedrücktheit empfahl sie nur ein leichtes Antidepressivum, *Amitriptylin*, ansonsten setzte sie auf das Gespräch, und ich erzählte von meinem Porsche, ein Terminus, den sie auf dem Balkon erstmals übernahm. Und ist es nun Ihr kaputter Porsche, der Sie am Gehen hindert, oder hindern Sie ihn vielleicht daran, sich wieder zu zeigen und Fahrt aufzunehmen? Wer bestraft hier wen?

Eine verdammt gute Frage, auf die es keine Antwort gab, also schwieg ich, und am Ende der Balkonstunde kam die Schmauch mit etwas, das mich völlig unvorbereitet traf. Einzelgespräche, sagte sie, seien nur die Vorstufe der Weiterentwicklung in einer Gruppe. Sie sei im Begriff, eine solche Gruppe aus fünf Patienten zusammenzustellen, und ich sollte dabei sein, in Kürze werde man sich zum ersten Mal treffen. Es ist eine gemischte Gruppe, fügte sie hinzu. Und nichts, was dort geschieht, wird nach außen dringen. Darf ich Sie dazuzählen?

Und von mir das übliche Nicken, die stumme Einwilligung, zumal mir der letzte Punkt ja bestens vertraut war, auch wenn die Dinge, die in meiner Exabteilung passiert waren, nun doch immer mehr durchsickerten. Schön, dann bis zur ersten Sitzung, sagte die Schmauch, was wie ein Schlusswort klang. Und so rollte ich mich an die Balkonbrüstung, in die noch warme Sonne dieses frühherbstlichen Tages, aber sie entfernte sich nicht, meine reizvolle Therapeutin; sie stand da, als wollte sie noch etwas loswerden, etwas, das nicht zu meiner Genesung beitrug. Es fiel ihr schwer, das sah man, und endlich rang sie sich durch: Herr Deserno, kam es verhalten, vielleicht könnten Sie mir den Unterschied zwischen Derivaten und Zertifikaten erklären.

Besitzen Sie denn Zertifikate?

Ja, murmelte die Schmauch, in Island.

Dann sollten wir das Beste hoffen.

Das Beste hoffen?

Allerdings. Und jetzt hören Sie gut zu: Ein Zerfikat ist nur eine Verpackung, es ist selbst gar nichts wert, es ist bloß die Urkunde für ein hinterlegtes Wertpapier. Und ein Derivat ist ein abgeleitetes Finanzprodukt, etwa ein weiterverkaufter toxischer Kredit, also im Grunde ein besserer Wettschein. Und isländische Banken treiben es recht kräftig mit Derivaten. Waren Sie schon mal in Reykjavik?

Nein, sagte meine ganz und gar menschlich gewordene Seelenberaterin, und ich riet ihr, ein Ticket zu kaufen, solange die Flüge dorthin noch günstig seien.

10

Nach der Gesprächstherapie (in alter Form) brachte Kim II immer Tee und Kuchen auf die Suite, beides auf einem zierlichen Rollwagen wie in italienischen Hotels meiner Wahl, und ich nahm mir einiges von den süßen Verführungen – besonders lecker: Bananentörtchen mit frischer Minze – für die folgende, dritte tote Zeit des Tages, die Stunde, bis der Geistliche des Waldhauses, Pfarrer Zitt, zuständig für beide Konfessionen, auf einen Sprung, und wenn man es wünschte, auch für länger, vorbeischaute, um seinen Beitrag an der Heilung zu leisten. Doch richtig tot war diese *Dolcizeit*, wie man sie nennen könnte, dann doch nicht, weil nämlich Ursel, also meine

Mutter, gern am Nachmittag, wenn sie selbst nicht wusste, wohin mit sich, anrief und ziemlich hemmungslos Geschichten erzählte.

Und am Tag von Helenes Ankunft im Waldhaus, ihrer Gegenwart, mit der sich alles ändern sollte, kam Ursels Anruf, als ich noch den Mund voll hatte, und ich sagte ihr, ich müsse erst schlucken, was sie in die gänzlich falsche Kehle bekam; im Stillen glaubte sie nämlich, ich sei von den Frauen abgekommen und bewegte mich, wie es Insassen ja häufig tun, auf meinesgleichen zu und sei womöglich drauf und dran, sonst etwas von einem jungen Pfleger zu schlucken (wo es doch im Waldhaus gar keine Pfleger gab, nur Koreanerinnen), also fragte sie mit der ihr eigenen Offenheit gleich, ob ich allein im Bett sei. Mutterseelenallein, sagte ich, was sie zum Anlass nahm, nach meinem Vermögen zu fragen: ob es in Gefahr sei in diesen Tagen, und ich sagte, nein, was sie aufatmen ließ, um dann gleich innerlich umzuschwenken in das Ursel'sche Anarchowirbeln. Schnaubend brachte sie das Neueste von *Isch-Basta*, die nach wie vor Ministerpräsidentin werden wollte, und kam dann, wie anfangs erwähnt, gleich auf meinen Größenwahn und die männlichen Dinge, die ich noch tun könnte, wenn ich bescheidener wäre, und kaum hatte sie Luft geholt, war die Frau, die andere mundtot machte, wieder an der Reihe: die verleide einem geradezu die Farbe Rot mit ihren Lippen, rief Ursel – stell dir vor, Danny, ich habe vierzig Jahre gebraucht, um von den Kommunisten zu den Sozis zu finden, und jetzt ist es eine Frage von Stunden, wann ich der FDP beitrete! Und nach dieser Offenbarung –

nicht ganz ernst gemeint, aber immerhin in den Mund genommen – kündigte sie ihren Besuch an.

Begleitet von Günter, ihrem neuesten Lebensgefährten, einem Mann, der sich mit kleinen Buchbesprechungen im Radio etwas Geld und Sinn verschaffte, wollte sie bei mir auftauchen und auf meine Kosten im Grandhotel Römerbad absteigen – vielleicht schon in vorgezogener FDP-Laune –, und das bereits in gut einem Monat, am ersten Sonntag im November, dem Tag, an dem der preisgekrönte Autor Truchseß im Kaminfoyer lesen sollte, eingeführt von dem Kritiker Humbert. Und dieser Dr. Humbert kann bei seiner Zeitung sicher etwas für Günter tun, argumentierte meine liebe Ursel noch, als ich ihr schon versprochen hatte, mich um alles zu kümmern, das hieß in Indien anzurufen, damit mein *P. I. A. (Personal Indian Assistant)*, eine stets zur Verfügung stehende junge Frau, alles erledigte – bei den Arbeitszeiten in der Schweineabteilung, achtzehn Stunden und mehr, war ja anders gar kein Privatleben möglich. Ursel wollte dann gleich ins Detail gehen, wie etwa das Reservieren guter Plätze bei der Lesung, am besten neben Dr. Humbert, aber da kündigte sich Pfarrer Zitt durch ein melodisches Pfeifen an, und ich sagte noch, um sie keinesfalls in Ruhe zu wiegen, wir müssten jetzt Schluss machen, ich bekäme Herrenbesuch.

Und Pfarrer Zitt kam wie immer auf leisen Sohlen durch den Entreebereich in die Suite, er schwebte förmlich an mein Bett, und selbst die Klingel, die er natürlich gedrückt hatte, klang bei ihm leiser, wie ein Vorgriff auf seine leise, singende Stimme, die an die unseres Papstes erinnerte. Er war auch ähnlich blass und hatte einerseits etwas jungenhaft Schmächtiges, was an seinem weißen Hemd mit geschlossenem Kragen lag, und andererseits etwas Sinnliches, was mit den gut durchbluteten Lippen und einer vorspringenden Nase zu tun hatte. Außerdem war er bekannt für seine Witze, die er im Flüsterton erzählte. Der reiche Greis hat noch einmal geheiratet, eröffnete er seinen Besuch am Tag von Helenes Auftauchen und Ursels Anruf. Natürlich eine ganz Junge. Nachts liegen die beiden im Bett, und auf einmal stöhnt der Greis. Fragt die junge Braut im Dunkeln: Kommst du? Oder gehst du?

Zitt stieß ein dünnes, dem Mäh-mäh-mäh-mäh junger Ziegen nicht unähnliches Lachen aus und strich dann wie bei jeder seiner Stippvisiten über das obere der zwei Büchlein auf meinem Nachttisch *(Der letzte Gottesbeweis)*; an diesem Tag schob er die Streitschrift aber anschließend beiseite, um die darunterliegende Erzählung *(Der Mann im Flur)* wahllos aufzuschlagen. Ich darf zitieren, sagte er und zitierte ein paar Sätze, und zum ersten Mal kam etwas Farbe in sein Gesicht, wie von den Lippen abgezogen. Ob das meine Einschlaflektüre sei, wollte er wissen, und ich gab eine ausweichende Antwort – Noch nicht, aber demnächst wohl –, worauf er das Buch wieder unter das andere legte und ans Fenster trat. Zitt sah auf den Wald, den gerade ein Sonnenstrahl traf und genau mit dem Licht überzog, das den guten Caspar David Friedrich inzwischen so teuer macht. Sehen Sie nur, sagte er, sehen Sie nur: Dieses Licht ist ein Geschenk, wie Ihr Leben, Herr Deserno. In diesem Licht zeigt sich das

Gute. Und in dem Buch, das ich eben aufgeschlagen hatte, das Böse, wie im Übrigen auch in der Finanzkrise, finden Sie nicht?

Dort zeigt sich nur schlechtes Rechnen.

Und all die Tricks?

Haben bestens funktioniert.

Sie glauben also nicht an das Böse? Pfarrer Zitt fuhr herum, ich hatte ihn noch nie so dynamisch erlebt.

Ja, weil ich auch nicht an das Gute glaube.

Und woran glauben Sie überhaupt?

An die Liebe.

Aber die Liebe *ist* das Gute!

Das sei die ganz große Frage, sagte ich, und diese Bemerkung veranlasste meinen Kurzbesucher, auf seine billige Uhr zu sehen, als sei das Böse für ihn die verrinnende Zeit oder alles, was sich dem Ewigen entgegenstellt. Für Sie ist Gott also der große Zuschauer, fasste er meine Ansichten etwas übertrieben zusammen. Und wir Menschen bewegen uns in seiner Arena, ohne eine Chance, dieser Arena mit ihrem Bösen je zu entkommen?

Nicht ganz, wandte ich ein. Denn wir sind ja mehr als die findigen Tiere, von denen Nietzsche sprach. Wir sind wahrheitsfähig. Dass ich hier liege und nicht mehr möbeln kann, mit Verlaub, ist ein Teil meiner Wahrheit und wird es auch künftig immer gewesen sein. Wer das Futurum exaktum beseitigt, beseitigt das Präsens, heißt es in dem Büchlein, das bei mir obenauf liegt. Und dass es irgendwann nicht mehr wahr sein könnte, dass Sie heute erstmals für das andere Buch Interesse gezeigt haben, würde ja bedeuten, dass es auch vor zwei Minuten nicht der Fall war. Darin liegt, im Prinzip, der letzte Gottesbeweis. Und immerhin hat auch Nietzsche geschrieben: Ich fürchte, wir werden Gott nicht los, weil wir noch an die Grammatik glauben. Müssen Sie schon gehen?

Ja, sagte Pfarrer Zitt und gab mir die Hand. Ich dachte, Sie hätten Ökonomie studiert, Herr Deserno.

Aber dazu zählen vier Semester Philosophie in Cambridge, und vergessen Sie auch nicht die Frauen, die einer wie ich im Bett hatte. Und die Tatsache, wie viel Zeit man im Bett mit Reden verbringt. Die Frauen schärfen unseren Verstand im Bett, nur verlässt sie der eigene Verstand hin und wieder am Ende, sonst läge ich nicht hier.

Dann gute Besserung und auf Wiedersehen, murmelte Zitt noch und ging so lautlos, wie er gekommen war, während die unermüdliche Kim III schon im Bad Vorbereitungen traf, um mich für das Abendessen, das im Waldhaus nur Dinner heißt, herzurichten. Sie würde mich anziehen und nach meiner Vorgabe frisieren, mir die Krawatte binden und auch die Nägel kürzen, falls nötig, damit nichts, aber auch gar nichts, wenn man im Speisesaal saß, bei keinem der hundert Patienten, auf den Kollaps einer ganzen Welt außerhalb der Klinikmauern hindeuten konnte.

11

Elegant gekleidete Leute in Rollstühlen hatten für mich schon immer etwas Bedrückendes, weil ja das Handicap durch Eleganz nicht besser wird, nur mehr in den Hintergrund rückt und die Vermutung zulässt, alles wäre vielleicht gar nicht so schlimm, ja der Behinderte könnte am Ende aufstehen oder sogar eine Erektion bekommen, was ich freilich, sobald es ernst würde, mit umständlichsten Worten verneinen müsste. Beige Sandalen, eine Cordhose und ein leuchtend grünes, bis oben zugeknöpftes Hemd schließen derartige Missverständnisse dagegen von vornherein aus, während meine Garderobe – Abendanzug von Brioni, mit einem Hauch von Hemd aus Mailand und einer Kenzo-Krawatte – den Rollstuhl, in dem ich saß, zu einem Aston Martin machte; dazu kam das Stimmungslicht im Speisesaal. Auf jedem Tisch brannte eine langstielige Kerze, was in Verbindung mit dem Wald bereits etwas Adventliches hatte. Eine stille Festlichkeit lag über allem und machte die Patienten an Einzeltischen noch etwas einzelner, auch mich und die junge Autorin, die nicht mehr ganz so abgewandt saß. Sie blickte jetzt halb in meine Richtung, und mir fiel gleich die Brosche an ihrer für den Abend gewählten schieferfarbenen Bluse mit Stehkragen auf: Da saß die von der Tischkante aufwärts vollkommene graue Maus mit großen Augen und ebendieser Brosche, einem Exemplar, wie man es nur noch aus Filmen über englische Fräuleins kennt, und streichelte sich – ich konnte es genau erkennen – unter dem Tisch zwischen den Beinen, die ein blauer Faltenrock bis zu den Waden bedeckte.

Und beim Blick in die Menükarte – für Fleischesser *Zampone e Lenticchie* (Schweinsfuß mit Linsen) und als Fisch Branzino im Salzmantel – kam mir die Idee, ob ich dieses Streicheln nicht sogar hatte sehen *sollen*. Natürlich konnte sie nicht sicher sein, ob ich ihr blasses Gesicht mit dem Hämorrhoidenhit in Verbindung brachte; sie konnte aber davon ausgehen, dass ich von dem Erfolg gehört hatte, wenn nicht einer jener zehn von hundert war, die alles über ihren Hintern wussten. Und doch war diese junge Heldin ihres eigenen Buches, wenn man sie da so sitzen sah – immer noch eine Hand unter dem Tisch, die andere an der Brosche –, für mich keine Helen, sondern eine Helene, auch wenn Wilhelm Busch und seine fromme Helene in meiner Kindheit verpönt waren (aber Doro hatte mir heimlich daraus vorgelesen, im Hintergrund Cat Stevens).

Helene also. Sie bestellte sich den Fisch, nicht das Fleisch, ich konnte es hören, und als Beilage *Patate Arrosto con Rosmarino*. Ihre Stimme klang etwas piepsig, aber die Bestellung sprach sie mit viel Gefühl aus, während Giuseppe, der Kellner aus dem Umland von Leipzig, gern auf der dritten Silbe betonte, was dann *Rosmariihno* hieß. Zu dem Fisch nahm sie einen Gavi di Gavi, ihren Tantiemen angemessen und auch sonst keine schlechte Wahl, während ich zum Schweinsfuß meinen Lieblingsroten trank, einen Tignanello aus dem Jahr, als das Barrel Öl noch unter zwanzig Dollar lag. Und dann kam der Moment, als wir uns plötzlich ansahen und wie von selbst unsere Gläser hoben: ein ganz zaghaftes, letztlich gar nicht eindeutiges, auf Erwiderung angelegtes

Zuprosten, eher dessen feine Parodie, über die man lächeln musste, jeder für sich, die Serviette am Mund. Oberhalb des Tisches hatte sie beste Manieren, die verstörte Helene, wie ich sie innerlich nannte, verstört und erdrückt vom Erfolg, den auf sie herabgestürzten Sternen, nach denen andere vergeblich greifen, eine lebendig Begrabene, wie sie Selma – meine liebe, verfluchte Selma – schon beim Lesen des Porenners genannt hatte, eines Buches, das jetzt sogar im Bundestag auftauchen könnte, nach einem Antrag der Linken auf eine sogenannte *Analdebatte*, Ausgang ungewiss.

Das Dessert bot dann noch die Chance für einen zweiten Blick, aber Helene schnappte sich ein Tiramisu, dem sie sich voll und ganz widmete, und Giuseppe schob den Dolciwagen von ihrem Tisch zu meinem, um mir jede der Süßigkeiten mit seinem besonderen Italienisch zu erläutern, eine der Verbindungen zwischen dem Waldhaus und der Realität: die Suche nach dem Süden, seiner heilsamen Wirkung, die schon Goethe gespürt hatte, und bald dürfte auch in beschützenden Werkstätten das heitere *Ciao, ciao!* die eine oder andere Tablette ersetzen. Ich bat Giuseppe um eine *composizione* von Waldbeeren und Zitronensorbet, und als er sich wieder vom Tisch entfernte, war Helene verschwunden. Und so blieb mir nur das Kaminfoyer mit seiner Bar und dem Barmann Paolo, der Ort, an dem alle Patienten, die sich noch irgendwie sehen lassen konnten, nach dem Dinner einen Drink nahmen.

Der Gesprächston war hier gedämpft, wie in teuren Frisörsalons, wo man sich argwöhnisch über die Spiegel beäugt; jeder der Exprominenten lauerte nämlich darauf, von den Nichtprominenten, also einem wie mir, noch etwas rascher erkannt zu werden als sein abgetakeltes Gegenüber, und folglich war ich in meinem Rollstuhl an Vierertischen immer ein bedeutendes fünftes Rad. Aber an diesem Abend, mitten in der Woche, in der die Geldwelt endgültig ins Trudeln kam, war ich sogar der Mittelpunkt des Universums Waldhaus, nachdem ich mich zu meiner Branche bekannt hatte, als kleine Vorübung für die Bekenntnisse, die in der Therapiegruppe auf mich zukommen würden. War alles abzusehen, sagte ich sogar. Eine Taxifahrt durch zwei amerikanische Vororte, und jeder hätte es wissen können. Nichts als Schrott.

Und Sie haben aus Schrottkrediten für die Schrotthäuser Wertpapiere gemacht, rief man mir zu.

Ich habe nur damit gehandelt.

Und jetzt sitzen wir in der Tinte!

Nein, in der Kreide, sagte der traurige Spaßvogel, der mit am Tisch war, worauf ich Prosecco für alle bestellte: Jeder tut, was er kann – *sorry*! Es war keine ernstgemeinte Entschuldigung, aber die stets Gebräunte, die den ganzen Tag vor sich hin moderierte, nahm sie an. Wir sind hier alle nur Menschen, sagte sie, die Hände um ihre Pflastersteinknie gekrallt, und dann machte sie mit dem Kopf Bewegungen wie pickende Hühner in Richtung des Exvorstands – dem jedes öffentliche Klo mit seinem Namen an der Pisswand ein Gräuel sein musste –, um dessen Ansicht zu hören, und der sprach von Anstandsregeln, die meinem Gewerbe fehlten. Ohne rot zu werden, hielt er einen Vortrag, während der noch gebräuntere und wie mit schwarzer Schuhwichse frisierte Paolo mit dem Prosecco kam, aber auch gleich seine private Cocktailerfindung dem schwulen Volkssänger am Nebentisch anbot, einen *Latin Lover*, wie er feierlich sagte (3 cl Tequila, 2 cl Pitu, 2 cl Limonensaft, 4 cl Ananas, 1 cl Zitrone, alles auf Eis geschüttelt).

Und so trank denn die ganze Runde mit *Salute*, *Prost* und *Cheers*, und ich erzählte, um von dem unerfreulichen Finanzthema wegzukommen, den Witz von Pfarrer Zitt oder versuchte ihn in der Leichenrunde zum Besten zu geben, bis alle die Pointe wie auf ein Zeichen im Chor aufsagten, *Kommst du? Oder gehst du?*, worauf ich für meinen Teil nur noch gehen konnte. Das heißt, ich rollte mich eilig davon, um in der Stille meiner Suite endlich mit Hilfe all der Notizen, die ich seit Monaten in einen Laptop gehackt hatte – der vorher nur Zahlen kannte, die das Geld anderer Leute betrafen –, das Buch über mein Leben in Angriff zu nehmen, logisch aufgebaut und verständlich geschrieben, aber aus den Eiern heraus, wenn ich das sagen darf, unter Einbeziehung des Porschewracks und damit frei nach Desernos Regel vier: Schreiben ist Handwerk plus eigener Sumpf, das eine ohne das andere ist nichts.

12

Alleinsein am späteren Abend war mir schon immer ein Vergnügen und keine Bestrafung, ob in meiner Wohnung oder in der Schweineabteilung. Und der spätere Abend im Waldhaus, das war am Anfang noch die Zeit der Telefonate, ob mit meinem Expartner Tobi oder mit früheren Kollegen, die ein langes Weekend in Dubai verbrachten, aber schon nach zwei, drei Wochen wurde es die Zeit der Notizen in mein Gerät, ursprünglich in der Absicht, Material für einen kommenden Prozess zu sammeln, also Dinge gegen Selma, die Morton, Cliffort, Weidenfels dann ins Feld führen könnten, um irgendeine Summe für mich herauszuschlagen, die am Ende doch nichts würde ersetzen können, aber mit Helenes Erscheinen kam in diese losen Sätze und Gedanken ein anderer Zug: der einer Geschichte. Die Frage war nur, ob meine kleine Story auch eine große Zielgruppe hätte, schließlich fehlten da all die Dinge, die Selma – und Selma kennt sich mit Büchern wirklich aus – bei ihren Schäfchen so schätzt, Leuten, die immerhin laufend Preise kriegen. Es gab bei mir weder Gottsuche noch Selbstfindung, und es gab keine jüdische Großtante, die von ihrer Familie erzählt; überhaupt gab es keine Familie und auch keine bedrohte Natur und außer mir auch keinen Behinderten. Es gab nur mich und das, was von der Korkenzieherattacke buchstäblich an mir hängen geblieben war.

Längst herrschte Stille im Waldhaus, kein Geschlurfe mehr auf den Fluren, kein Rauschen mehr in den Leitungen, und ich fragte mich, was Helene wohl gerade machte. Schlief sie, oder popelte sie, oder tat sie womöglich beides, was ja besonders tragisch wäre, weil es dann aus der Krankheit, von der sie berichtet, kein Entrinnen mehr gäbe. Aber vielleicht lag sie auch einfach nur wach wie ich; alle umgetriebenen Geister leiden ja unter

Schlafstörungen, der Gedanke, bei ihr anzurufen, lag also nahe, und doch scheute ich mich vor dem Schritt: mein Respekt vor ihr war zu groß. Und so rief ich stattdessen bei Tobi an, obwohl er nur bedingt ein Freund ist oder war (er und Selma hatten früher mal was), nur gehörte Tobi zur Bildschirmgang, wie wir im Department hießen: die Paare, die immer vor zwei Schirmen saßen; er zog die Infos aus dem Netz, ich machte Geld daraus, oder umgekehrt.

Aber bei Tobi war nur die Mailbox an, und ich riet ihm, unsere US-Kellerleichen von Fannie Mae schnellstmöglich loszuwerden und bei weltwetter.de einen Blick auf Nigeria zu werfen. Da braute sich nämlich vor der Küste etwas zusammen, das in Richtung der Ölfelder zog, eine Sache, die schon reichte, um an der Warenterminbörse von Chicago Unruhe zu stiften: man musste nur die Wetterfee eines großen Senders an der Hand haben und im richtigen Moment auf den Einbruch setzen, und Tobi war der Spezialist für die Empfindlichkeiten blonder Wetterfeen, die ja immer glauben, man wollte sie nur ihrer Beine wegen. Er war überhaupt ein gewiefter Frauenversteher, großzügig, leichthändig und stets mit einem offenen Ohr, während ich eher der Typ des Erbsenzählers bin, ein Beamter der Liebe, der nur aufnimmt, was er schon kennt.

Mein Liebesleben – um zwischendurch ein wenig auszuholen – war von Beginn an durch das absurde Bemühen belastet, sämtliche Frauen rund um den Globus zu kriegen oder, realistisch gesehen, wenigstens einen repräsentativen Querschnitt, sagen wir, von der kleinen quietschenden Koreanerin (das wäre im Waldhaus längst passiert) über den großen nubischen Typ, in meinem Beruf leider selten, und die italienische Schlampe (in Mailänder Finanzkreisen oft schon die Geliebte von Analysten) bis hin zum Vollweib aus dem Herzen Europas, brünett, raffiniert, selbstständig: Frankfurt ist das Nest solcher Frauen. Und irgendwie hat es dann doch nicht geklappt, weil ich erst an dieser und dann an jener hing; ich brauchte einfach zu lange, um meinen Porsche aus der einen Garage herauszufahren – ich meine, auch innerlich, mit dem, was vom eigenen Herzen irgendwie mit dranhängt –, und auch zu lange, um ihn wieder in eine andere hineinzubugsieren. Manchmal lag zwischen dem einen und dem anderen Vorgang fast ein Monat, und so ergab sich am Ende eines Liebeslebensjahres, die stabilen Zweierkurzurlaube mit berücksichtigt, die doch nur recht klägliche Zahl Zehn, die selbst mit den Jahren meiner aktiven Zeit multipliziert, also der Zeit zwischen dem siebzehnten und dem achtunddreißigsten Lebensjahr, allenfalls die runde Zahl Zweihundertzwanzig ergibt, wobei zehn die jährliche Höchstmarke war, es aber auch Zeiten wie die meines Zivildienstjahres bei den Taubstummen gab, wo schon drei Eroberungen viel waren, was die Zahl auf unter zweihundert drückt; ich gehe von einhundertachtzig Bettverhältnissen aus, und ganz am Schluss stand Selma, obwohl ich sie eigentlich nicht mitzählen sollte, da sie ja alldem ein Ende gesetzt hat. Einhundertachtzig, um es noch einmal in Worten vor Augen zu führen – ich konnte in diesen Tagen keine Zahlen mehr sehen, und hätte man in den letzten fünf

Jahren alle Zahlen in Worten aufgeführt, stünde die Finanzwelt auch nicht am Abgrund –, und das hieß: Von den derzeit knapp vier Milliarden Frauen, die nach Angaben der Vereinten Nationen auf der Welt leben, wären das nicht einmal null Komma nullnullnullnullnullnullnull zwei Prozent; in dieser Hinsicht war ich also vollständig gescheitert, und auch der angestrebte repräsentative Querschnitt war höchstens ein Querschnitt aus meiner nächsten Umgebung.

Und doch habe ich mein Cabrio in so manch gute Garage gebracht, um im Bild zu bleiben, in große, gepflegte Garagen, wo alles an seinem Platz war, und in Hinterhofklitschen, wo man die Seitenspiegel einklappen musste. Mein Porsche konnte dort sein Öl ablassen und wurde geputzt, er durfte mit dem Motor heulen und bekam jede Bewunderung und Pflege. Und in den ersten Monaten der Waldhauszeit war kein Tag vergangen, an dem ich nicht daran gedacht hatte, wie er die Einfahrt zu einem Anwesen nimmt, um dann vor einem Garagentor abzubremsen und mit laufendem Motor zu warten, bis sich das Tor leise öffnet und er hell röhrend den letzten Satz macht. Hundertachtzig Mal, streng gerechnet, hatte ich dieses erste Einfahren erleben dürfen, eine Premiere, die manchmal schon das Finale war, aber öfter der Auftakt; die Zahl wäre demnach wenigstens zu multiplizieren mit den Malen, die mir jede meiner Bekannten eingeräumt hatte, nämlich zwischen einem Mal und circa vierzig Mal in den drei Monaten, bis ich spätestens durchschaut war. Und das machte nach meiner Mittelwertrechnung, wiederum streng, um die siebentausend Entladungen – kein schönes Wort, aber welches wäre schöner? –, davon manche bis zu zehn Herzschlägen lang, was aneinandergereiht einen Orgasmus von etwa neun Stunden ergibt.

All mein bisheriges Glück hatte also kaum einen halben Tag gedauert, ohne Aussicht auf Verlängerung, aber in der Woche von Helenes Ankunft im Waldhaus hatte ich frühmorgens einen Traum, wie er einen nur ereilt oder in Erinnerung bleibt, wenn es schon ein wenig hell ist und der Schlaf leichter. Mir träumte, ich würde diese ganzen neun Stunden am Stück erleben, was man sich nicht zu rosig vorstellen sollte, und das mal mit Selma, mal mit Helene, ja irgendwie waren sogar Ursel und die anderen WG-Tanten beteiligt, auf jeden Fall mehrere, die mich umgaben und streichelten, mir gut zuredeten oder sonst wie halfen, und über Stunden, die ja im Traum bekanntlich nur Minuten sind, kam aus der Tiefe meines Leibes ein Strahl, der ich selbst zu sein schien: weiß und steil verschoss ich mich in die Welt, um mich mit dem *Guten* darin zu vermischen: genau dieses Wort tauchte auf, und im nächsten Moment hat der Staubsauger von Kim I den Spuk jäh beendet.

13

Sie saugte an diesem Morgen nicht so ausgiebig wie sonst, als sei der begleitende Lärm nicht angebracht, und auch das Reinemachen in meiner Suite erschien mir gedämpft, und auf meine Frage, ob es ihr nicht gut gehe, ob sie bedrückt sei, womöglich angesteckt von den Patienten, ließ sie sich schließlich etwas entlocken, das in der Kurklinik so tabu war wie Unterhaltungen über privates Vermögen. Das Waldhaus hatte einen Todesfall zu beklagen.

Der Altkanzlerdoppelgänger a. D. war in der Nacht überraschend gestorben, nachdem er sich am späteren Abend noch einen Tartarbrei auf dem Zimmer hatte zubereiten lassen, sein letztes Vergnügen. Er war tot, um es deutlich zu sagen, eine Tatsache, die man im Waldhaus höchstens an seinem freien Platz im Speisesaal hätte erkennen können. Aber Leute in meiner Lage fürchten den Tod und seine Begleiterscheinungen eben ein bisschen weniger, weil ja ein Bereich von ihnen schon tot *ist*, also hielt ich den ganzen Vormittag an meinem Fenster mit Blick auf den Park und eine Lieferantenzufahrt Ausschau, und kurz vor dem Mittagessen war es so weit: Der Altkanzlerdoppelgänger a. D. wurde in einem Riesenblechsarg von vier kräftigen Männern, vermutlich Polen, aus dem Haus getragen und in einen schwarzen Kleinlaster verfrachtet.

Am Abend war dann sein Platz schon besetzt, die Frau mit den Pflastersteinknien und der ewigen Bräune hatte ihn eingenommen und konnte sich dadurch im Fensterglas sehen, wenn sie vor sich hin moderierte; ein Dinner wie jeden Abend: das leise Klingeln von Besteck, die Namen erfundener Krankheiten, manchmal ein Lachen. Und auch nach dem Essen im Kaminfoyer erwähnte keiner den Vorfall, nur Helene – sie trank an der Bar eine Milch – schien etwas zu spüren; als ich mich an ihr vorbeirollte, um vor der Nachtruhe noch zu schreiben, nickte sie mir wissend zu – unsere erste zarte Verbindung. Beide hatten wir ein Gefühl für den Tod, der im Waldhaus so anwesend abwesend war wie ein fehlender Vater (was uns ebenfalls verband, aber das erfuhr ich erst später). Nichts wäre also übrig geblieben von dem Altkanzlerdoppelgänger a. D., abgesehen von der Tatarmarotte, wenn am anderen Tag nicht wenigstens meine Leib- und Magenzeitung, die auf Seite eins den Zusammenbruch von Fannie Mae meldete, einen Miniaturnachruf in der Medienrubrik gebracht hätte; dort wurde an den größten Moment des Doppelgängers erinnert, seinen Auftritt bei *Wetten, dass ..?*, einer Sendung, die ich nie gesehen habe, weil ich mit Dingen dieser Art ohnehin täglich befasst war.

Die Seite eins und der Wirtschaftsteil erregten natürlich im Waldhaus das größere Interesse, und beim ersten Treffen der neugebildeten Therapiegruppe am selben Tag hatte sogar die Schmauch ein Exemplar dabei, nachdem ganz Island neuerdings vor dem Bankrott stand. Ansonsten ließ sie sich nicht anmerken, dass ihr Erspartes wohl in einem Geysir gelandet war; sie stand lächelnd an der Tür zum sogenannten Lesesalon, einem Raum mit Großbildfernseher und Sesseln, auserkoren für die Sitzungen, und hielt diese Stellung, bis auch das letzte Gruppenmitglied in den Salon gefunden hatte: zu meiner größten Freude und ebenso großen Beklemmung niemand anders als die junge Autorin des derzeit gefeiertsten Buches auf dem Markt.

Helene kam in einer Art grauem Büßerkleid, sandte jedoch nur ein mattes Lächeln in meine Richtung. Die übrigen fünf, mich eingerechnet, trugen teils die hauseigenen weißen Frotteemäntel mit dem Waldhausemblem, einer schlossartigen Silhouette auf bewaldeter Anhöhe, oder gediegene Freizeitsachen. Ich hatte mich für einen schwarzen Kaschmirpulli und sandfarbene Leinenhosen entschieden – in etwa auch die Garderobe der Schmauch –, der Exvorstand, den sein Name verfolgte, dagegen für ein sommerliches Jackett mit Halstuch; keiner war korrekter gekleidet, bei jedem Anlass, und doch erinnerte er stets an den römischen Verschwörersenator im Hollywoodfilm. Und der *falsche Senator*, wie ich ihn nennen will, nahm auch noch neben mir Platz, an seiner anderen Seite der schwule frühere Volkssängerstar, kurz: die *Volksschwuchtel*, auch wenn man mir den Ausdruck übel nehmen könnte. Das nächste Gruppenmitglied im Halbkreis war dann die Frau, die nicht aufhören konnte zu moderieren und immer Karibikbräune besaß und noch dazu geschickt frisiert war, wie eben aus dem Lotterbett und doch mit Fasson und Pfiff – im nahen Kurort B. lag die Dependence eines Prominentenfrisörs –, und die mit ihrer Frisur und Bräune und einem schiefen Lächeln im spitzen Gesicht etwas von einer lackierten Ente hatte, wie sie vor guten Chinalokalen als Lockmittel hängen, kurz also: die *Lackente*. Und etwas schräg zu mir saß Helene, als Nachbarn den Traurigen Fernsehspaßvogel, abgekürzt *TFSV*; also genau die Runde, die sich schon einmal im Kaminfoyer gefunden hatte, was kein Zufall war: die Schmauch setzte darauf, dass sich die Teilnehmer schon etwas näher kannten, hatte aber wohl nicht damit gerechnet, welche allgemeine Beklommenheit Helenes Gegenwart auslösen würde.

Natürlich – dies stellte sich im Laufe der Sitzung heraus – hatten alle in der Gruppe das *dunkle Buch*, wie der falsche Senator es nannte, gelesen oder davon gehört, ein Eingeständnis, das nur nach und nach kam, und so kam auch erst am Ende der Stunde die Frage nach dem Wahrheitsgehalt des Buches auf, von TFSV gleich ins Alberne gezogen. Alles erstunken und erlogen!, rief er kichernd, wurde von der Schmauch dann aber umgelenkt zu der Frage nach dem eigenen Wahrheitsgehalt, um den es in den künftigen Sitzungen gehe. Eine leise Drohung lag in diesem Schlusswort, etwas, das die Lackente einen ersten moderatorischen Vorstoß machen ließ: sich doch in der Gruppe, da keine Kameras liefen, beim Vornamen anzureden; und der falsche Senator stimmte dem sofort zu, bequemer konnte er den belasteten Nachnamen kaum loswerden, unterstützt von der Volksschwuchtel, die ohnehin nur unter dem Vornamen bekannt war. Und so gingen wohl alle etwas erleichterter auseinander, als sie zusammengekommen waren, bekamen von der Schmauch aber noch als Aufgabe mit auf den Weg, ihr Leiden bis zur nächsten Sitzung in einem Satz zusammenfassen zu können, für mich gar kein Problem, mir reichten fünf Worte, die ich schon jetzt parat gehabt hätte: Mein Porsche ist am Arsch.

Und bei der Gelegenheit schnell ein paar Sätze zu der Automarke, die es erst möglich gemacht hat, über meine Misere zu reden, und die ich, kaum dass der Führerschein geschafft war, von Anfang an als Autofahrer angepeilt hatte. Porsche war und ist das Größte. Wenn die Schöpfung, außer bei denen, die ohne Doping die Tour de France gewinnen, noch irgendwo Triumphe feiert, dann bei diesen Autos, wobei es nur zwei Modelle gibt, für die sich alle Opfer lohnen, vom Achtzehnstundentag über Schlaflosigkeit und trübe Affären bis hin zum Kinderlossein, und das wären der alte Porsche Turbo, das G-Modell neunhundertdreißig mit Spoiler und einem Drehmoment, das einen alles vergessen lässt, ein Auto, das ich bereits mit Ende zwanzig fuhr, dunkelgrün mit roten Sitzen, und immer noch fahren würde, hätte sich meine Finanzlage nicht entscheidend weiter verbessert. Und so stand, während ich im Rollstuhl saß, unter anderem das Neunhundertelfer Turbo Cabriolet in meiner Garage, ein Geschoss in Anthrazit mit rotem Verdeck, der Motor beatmet von zwei Ladern, mit einem Geräusch wie das Fauchen einer Frau, der es kommt, obwohl sie noch wütend auf einen ist. Und gleich bei der Jungfernfahrt – um hier auch ein kaum bekanntes Detail aus dem Turbo-Cabrio-Besitzerleben zu erzählen – hatte ich die verchromte Schaltknüppelkuppe durch ein rotes Geschenkband, das noch von Weihnachten übrig war, straff mit meinem persönlichen Porsche verbunden, um jeden Schaltvorgang auch wirklich mitzuempfinden, und beim Rauf- und Runterknüppeln auf einer Strecke im Hintertaunus gelang sogar das Kommen in voller Fahrt. Hundertvierzigtausend hatte mich das Geschoss gekostet, ein Zehntel meines letzten Bonus, aber auch Blicke an der Tankstelle sind den Aufwand wert; manche dieser Bewunderer sprachen einen sogar an, und ich sagte dann gern, ich sei Porschefahrer aus Passion, was sie gleich doppelt beschämt hat, weil ihnen ja nur das Geld für den

Wagen fehlte, nicht die Passion, sie andererseits aber schwerlich behaupten konnten, wenigstens die Passion mit mir zu teilen – wie denn auch? –, oder aber von dieser Art Passion nichts zu halten, was ja nur glaubhaft gewesen wäre, wenn sie das nötige Kleingeld gehabt hätten, es aber lieber in eine andere Passion steckten; wie sie's auch drehten, diese Porschebewunderer, immer war ich am längeren Hebel. Und im Übrigen kann sich keiner die diebische Freude vorstellen, wenn man die mitverursachte hohe Spritrechnung nach dem Volltanken an der Kasse mit links oder seiner schwarzen Amex-Karte begleicht. So viel nur dazu.

14

Helene hatte mich nach dieser ersten Sitzung an meinen Tisch im Speisesaal geschoben, als hätte sie nie etwas anderes getan, und war dann, ohne ein Wort, zu ihrem Einzeltisch weitergegangen; aber während des ganzen Mittagessens – *Risotto alle Spugnole*, also mit Morcheln, oder wahlweise *Risotto alla Zucca*, also mit Kürbis gegen die Prostatadinge – warfen wir uns immer wieder Blicke zu, die man als komplizenhaft bezeichnen kann. Ansonsten war es das übliche Mittagessen, mit leichtem Hauptgang und kleinem Dessert, wie immer serviert unter Aufsicht von Giuseppe, dem Oberkellner aus Sachsen, und unter den Augen der für alles Hotelbetriebliche zuständigen Person, die ich noch gar nicht erwähnt habe, eine Frau mit perliger Stimme und Haaren auf den Zähnen, die sich wie die Verantwortliche für den Komfort eines G8-Gipfels in den Waldhausmauern benahm; angeblich war sie Corduas Geliebte, und angeblich kam sie aus dem Unterhaltungsbereich und soll dort vor Jahren – während meiner Auslandszeit – eine Aufklärungsshow unter einem italienisch klingenden Namen gemacht haben. Jetzt hieß sie jedenfalls Frau Campus, doch wegen der perligen Stimme allgemein *Schampus*, und Frau Schampus-Campus ging während der Mahlzeiten auf höchsten Absätzen von Tisch zu Tisch und fragte, ob alles in Ordnung sei. Bestens in Ordnung, erwiderte ich und sah zu Helene.

Das Morchelrisotto war tatsächlich bestens, mit echter Hühnerbrühe, frischgeriebenem Parmesan und gehackten Schalotten, wie mir Giuseppe oder Josef erklärt hat. Als Dessert wählte ich *Fichi Secchi Ripieni*, also gefüllte getrocknete Feigen für die Verdauung – auch Helenes Wahl, logischerweise –, und nach dem Dinner, als sie wieder von hinten an meinen Rollstuhl trat, um mir über die Schräge ins Kaminfoyer zu helfen, kam ich gleich auf das Dessert zu sprechen, weil ja das Wort *Feige* im Italienischen einen für unsere Ohren aufreizenden Beiklang hat, durch ein H, das wie ein G oder bei Bedarf auch als K gesprochen wird. Und das Ergebnis war, dass Helene sich anbot, mich an die frische Luft zu schieben. Los, los!, sagte sie.

Der Park des Waldhauses war zwar kleiner als normale Kurparks, dafür aber verwunschener, wenn man von der Hightechumzäunung und patrouillierenden Russen absah. Genaugenommen war er sogar eine hochgesicherte Anlage, vermutlich wegen der Vorstände unter den Patienten; nur gab es zum Glück auch Winkel, die keine Kamera erfasste, wie einen alten Geräteschuppen zwischen hohen Bäumen oder den salbeigrünen Tümpel mit Froschlaich, an dessen bemoosten Rand Helene mich geschoben hatte. Und nun?, fragte ich, was wohl nicht sehr geschickt war, denn sie erwiderte einfach, nun gehe es zurück, und da begann es auch noch zu tröpfeln, das beste Argument für den Rückweg. Doch Helene schob mich geradewegs zu dem Schuppen und sogar in den Schuppen hinein, bevor aus dem Tröpfeln ein saftiger Landregen wurde. Bis auf einen Spalt schloss sie die hölzerne Tür, und umgeben von Halbdunkel und den Gerüchen nach feuchtem Rost und Maschinenöl horchten wir auf das Rauschen, sie noch immer hinter dem Rollstuhl, etwas zu mir heruntergebeugt, in Gegenwart eines Behinderten durchaus taktvoll. Habe ihr Buch gelesen, sagte ich, als das Rauschen kurz nachließ. Welches?, fragte Helene, als hätte sie schon mehrere Werke verfasst, und ich antwortete: Das Buch, das so viel Erfolg hat. Ich habe leider den Titel vergessen.

Er fiel mir einfach nicht ein, obwohl er in aller Munde war, und um den Faden zwischen uns nicht zerreißen zu lassen, erwähnte ich meine Notizen über das Waldhausleben, woraus auch mal ein Buch werden sollte, eines, in dem sie und ihr Buch dann vorkämen. Und in dem Zusammenhang erwähnte ich noch Ursels Lebensgefährten Günter, in Bücherdingen recht beschlagen: Und der sagte mal, sagte ich, Bücher würden aus Büchern entstehen.

Aber ich bin kein Buch! Helene lachte, das erste Mal, dass ich sie lachen hörte, ein helles Kinderlachen, ohne jede Hinterlist. Ich bin aus Fleisch und Blut, willst du's fühlen? Los, fühl mal! Sie duzte mich plötzlich, was mich immer ganz hilflos macht, wenn dazu der passende Rahmen fehlt, Kerzenlicht, ein Glas Wein oder gleich das Taxi zu meiner Wohnung, und dann schob sie mich auch noch tiefer in den Schuppen hinein, als könnte dieses Fühlen nur im Dunkeln stattfinden. Ob ich es auch zu Ende gelesen hätte, ihr Buch, wollte sie wissen. Ja, sagte ich.

Und?

Nun, die Materie war mir nicht völlig fremd. Ich kannte sie aus meiner Kindheit.

Du hast also auch gepopelt?

Was sonst?

Das hat noch kein Leser zugegeben! Helene zog stolz die Luft ein und schob mich in einen Wirrwarr aus Gerätschaften und Bottichen, schiefen Regalen und Ausrangiertem wie alten Liegestühlen oder schwarzen Damenrädern; und im hinteren Schuppenteil stand noch dazu ein kompletter Traktor. Meine Mutter war immer recht offen in diesen Dingen, sagte ich, sie hat mir sogar den Begriff der analen Phase erläutert.

Und dein Vater?

Den gab es nicht.

Helene nahm meine Hand und drückte sie einen Moment lang; sie erschien mir jetzt wie ein Kind, das die Freundschaft eines anderen, älteren Kindes sucht. Ihre Augen füllten sich mit Tränen, aber sie vergoss keine, sie zog nur scharf Luft in die Nase und murmelte etwas von Depressionen, darum sei sie ja hier, und dann fragte sie nach dem Grund *meines* Aufenthaltes im Waldhaus, nach meinem Dachschaden, wie sie sagte, was jemanden ohne Schweineabteilungserfahrung sicher aus der Ruhe gebracht hätte. Ich aber blieb so ruhig wie an dem Tag, als die Immobilienkrise auf uns übersprang und ich gerade noch ein Paket von Freddie Mac loswerden konnte. In dürren Worten gab ich den Sachverhalt wieder, und in kräftigen Worten fasste Helene ihn noch einmal zusammen und zog damit ihren eigenen Schluss daraus: Ist das Ding erst ruiniert, zeigt man es ganz ungeniert!

Wir hatten den stillgelegten Traktor erreicht, das heißt, sie hatte mich bis vor den mächtigen rötlichen Motorblock geschoben, und während das Wort *ungeniert* noch in der feuchten Luft hing, wischte Helene mit einer einzigen Handbewegung die Spinnweben von der rostigen Haube, um sie dann über eins der Vorderräder zu besteigen, und in dem Zusammenhang muss noch einmal ihre Kleidung erwähnt werden. Sie trug die weiße Bluse, die man von Schuluniformen kennt, und auch den dunkelblauen Faltenrock, der auf gewissen Internaten zum guten Ton gehört, dazu schlichte Turnschuhe aus Leinen und nicht irgendwelche luftgepolsterten Laufmaschinen aus Weltraummaterialien, wie alle Frauen sie tragen, und zu diesen Leinenschuhen beige Söckchen. In einer Art Schneidersitz ließ sie sich ganz vorn auf der Haube nieder und schaute zu mir herunter, wie Selma nach der Korkenzieherattacke.

Aber wie kam's dazu?, fragte Helene, als könne sie Gedanken lesen, und wiederum in dürren Worten erzählte ich, was passiert war, allerdings ohne Vorgeschichte, als wäre es ein Akt der Raserei gewesen, bis ihr überraschend zwei Tränen die Wangen herunterliefen. Ich konnte sie glitzern sehen, weil außen jetzt wieder die Sonne schien und einzelne Strahlen durch Spalte hereindrangen; sie liefen ihr um die Mundwinkel und trafen sich unterm Kinn, ein zitternder Tropfen: der Helene den Rock heben ließ, um ihn abzutupfen, und ich sah ein Stück vom Himmel auf Erden zwischen zwei milchigen Beinen. Dann sprang sie von der Traktorhaube und schob mich wortlos aus dem Schuppen und über den großen Rasen des Parks, in der Art, wie mich Ursel einst – ich war schon vier – über den Frankfurter Opernplatz geschoben hatte, trotzig gegen das Mondäne, das dort gerade aufkam.

Wie am Schnürchen ging es über den Rasen, gemäht vom Gärtner des Waldhauses, einem muskulösen Schweiger, der bei jedem Wetter mit nacktem Oberkörper herumlief und mir unheimlich war; und danach über Kieswege und diverse Schrägen bis zur Tür meiner Suite, zu der ein eigener Briefkasten gehörte. Und in diesem gläsernen Kasten lag unverkennbar eine Ansichtskarte aus Dubai, wo meine liebe verfluchte Selma gelegentlich auf Weisung des Vorstands die Prinzen und Scheichs mit ihrem adligen Charme und etwas Kultur bei Investmentlaune hielt.

15

Hallo, wie geht's? Hoffentlich besser. Bin mit meinem Autor T. in Dubai, er liest hier aus seinem neuen Goethe-Roman, simultan übersetzt. Demnächst tritt er auch bei Euch auf, in Deiner Waldhausklinik, und er hat mich gebeten, ihn zu begleiten. Wie siehst Du das? Wir könnten einen Strich unter alles ziehen. Give me a call, Selma.

Das war typisch für sie, mit ihrer schönen einnehmenden Schrift, die schon ganze Aufsichtsräte getäuscht hatte, auf einer rührend albernen Ansichtskarte – der Mond über der Skyline von Dubai – den Kontakt wiederaufzunehmen, nachdem monatelang nur unsere Anwälte das Sagen hatten. Jeder Buchstabe schien mit Liebe geschrieben, sogar das *c* von *call*, und ich konnte mir ihre gepflegte Hand vorstellen, die den hoteleigenen goldenen Stift führte, wie sie den Korkenzieher geführt hatte, so gepflegt, als wollte sie damit den perfekten Mord begehen, den sie ja in gewisser Weise an mir begangen hatte; ich lebte zwar noch, aber war so gut wie tot, einer, den man schnell über den Rasen schiebt, um ihn vor seiner Tür abzuladen. *Bye-bye*, hatte Helene noch gemurmelt und zum Glück nicht *Ciao*, *ciao*, dieses immer nur hingeschmatzte, widerwärtigste aller Abschiedsworte, und nun saß ich mit der Dubai-Karte und Selmas Designerschrift auf dem Balkon und schaute in die herbstliche Landschaft.

Sie wollte mich also sehen, unter dem Vorwand, ihr Romane schreibendes Schäfchen begleiten zu müssen – dessen Bild jetzt auch schon im Kaminfoyer hing, ein

Taschen-Goethe mit Ringelhaar über den Ohren –, und das hieß, sie käme am selben Wochenende wie Ursel und würde auch im Grandhotel Römerbad absteigen, wo sonst? Selma *und* Ursel, gar nicht auszudenken: zwei ungebremste Frauen, ich sagte es schon – ein unberechenbares Meeting stand da am Horizont, und mit Helene wären es sogar drei ohne Bremsen, was konnte mich mehr dazu bringen, das Bollwerk eines Buches vor mir aufzutürmen, um weder Exfreund noch Sohn zu sein, sondern Autor? Meine liebe Feministinnenmutter war sich nämlich noch immer nicht schlüssig, in welchem Umfang sie Selma verurteilen sollte: die Frau, die ihrem Fleisch und Blut doch beträchtlichen Schaden zugefügt hatte. Und mir ging's im Grunde genauso – keine Frau habe ich je so verflucht wie Selma in den Tagen nach der Notoperation, und mit keiner Frau hatte ich je eine Nacht wie die am letzten Thanksgiving, als die Schweineabteilung wie jedes Jahr stilllag, weil in den Staaten die Truthähne auf dem Tisch waren. Ich wusste einfach nicht, ob es gut wäre, sie anzurufen und ihr ein Ja auf die Mailbox zu sprechen, oder ob es besser wäre, erst mit Morton, Cliffort, Weidenfels zu reden, oder am allerbesten, den Kopf in den Sand zu stecken.

Wir Männer, und damit meine ich alle Porschefahrer oder Besitzer vergleichbarer Autos, sind ja beruflich entscheidungsfreudig, zögern aber im Privaten oder lassen Anwälte einspringen; wir sind Sonntagsfahrer, wenn uns das Leben Entscheidungen abverlangt, ein einfaches Ja oder Nein, wie Selma es wollte. Ihre Nummer saß so tief wie meine Kindheitsadresse (die ich noch mit dem letzten Atem würde aufsagen können), ich wählte sie mit links. Und wie immer um diese Tageszeit, mittlerer Nachmittag, war nur ihre berückende Abwesenheitsformel zu hören, *Selma zur Linde bittet um Nachsicht*, in drei Sprachen vor dem Piepton, mit derselben klaren Stimme, die eines Nachts *Liebster* zu mir gesagt hatte, absolut glaubhaft, und gar nicht lange danach, zwischen zwei Weihnachtsliedern, die in der Wohnung unter ihrer erklangen, O du fröhliche und Stille Nacht, *Egohund*, ebenso glaubhaft. Natürlich hatte Selma an meiner Seite einiges aushalten müssen, was schon mit einer Führung an die ausgefallenen Plätze begann, an denen ich ihre Vorgängerinnen zu Blitznummern bewegt hatte. Sie glaubte mir diese waghalsigen Nummern nicht, hörte nur gern die Geschichten darüber, und weil ich nicht ihr Geschichtenmann aus der Schweineabteilung sein wollte, ihr Abendunterhalter nach einem harten Tag, einschließlich Essen mit dem Erotika-Vorständer, führte ich sie an die besten dieser Plätze und brachte sie an einem sogar dazu, die Nummer auszuprobieren und also nachzumachen, was sie mir auch nicht verziehen hat.

Es war der große Aldi-Markt am Ziegelhüttenweg, wo zwischen den etwas abgelegenen Putzmitteln und Regalen mit Bier und Wasser häufig Stapel von Kästen standen und für Kameras einen toten Winkel ergaben. Und wenn man noch dazu die tote Stunde zwischen halb drei und halb vier erwischte, blieben einem ganze Minuten in diesem Winkel, ohne dass eine Rentnerin oder sonst wer aufkreuzte, Minuten, die mir gereicht hatten, um eine stöckelnde Aushilfe, die unsere Espressomaschine bedient hat, von hinten anzugehen, und die ich mit Selma noch einmal genutzt habe, gegen ihren Willen, aber mit ihrer Neugier, ja dem Ehrgeiz, auch diese Prüfung irgendwie zu bestehen, Mantel und Rock ins Hohlkreuz geworfen. Während im benachbarten Gang, zwischen Tütensuppen und Tiernahrung, alte Leute, die jeden Cent umdrehen müssen, ihre kleinen Besorgungen machten, besorgte ich es Frau zur Linde, die mit ihrem Namen so perfekt in die Kulturstiftung passte wie ich mit meinem Porsche in ihre Garage. Aber sie hat es mir, wie gesagt, nicht verziehen, sie hat es nur vorübergehend vergessen, vor allem bei unserer Umarmung an Thanksgiving. Ich wählte noch einmal ihre Nummer, die schon aus dem Speicher, nicht aber aus mir entfernt war, und wieder die Bitte um Nachsicht und mein Ja nach dem Piepton: *Ja, verdammt.*

16

Ein einschneidender Nachmittag also, der Nachmittag, an dem ich endgültig Buchautor wurde. Und beim Abendessen – als Vorspeise *Carciofini in Marinata*, kleine eingelegte Artischockenherzen, und wahlweise *Melanzane sott' Olio*, Auberginenscheiben in Öl – suchte ich folglich Helenes Blick oder die Aufmunterung einer Kollegin nach unserem stummen Schuppenende, aber sie gab sich mit Essen beschäftigt, besonders mit dem Fischgang, *Aragosta al Forno*: da lutschte sie zuerst die Langustenhälften aus und danach ihre Finger ab; dann aber ließ sie mir durch Giuseppe ein Billett zukommen, wie man früher sagte, einen gefalteten Zettel, und darauf in kindlicher Schönschrift die Worte *Gute Besserung für Ihren Pinsel, H.*

Ich war gerührt und wollte ihr antworten, doch da verließ sie den Speisesaal schon, mit einem Lächeln halb in meine Richtung – einem, das Ursel sicher *falsch* genannt hätte –, und ich ließ ein Zitronensorbet stehen, nur um es ganz in mich aufzunehmen, dieses falsche oder echte Lächeln, und rollte mich damit zurück in die Suite. Helene hatte ein Auge auf mich, gar keine Frage, und Ursel müsste davon nichts erfahren. Sie ist leider sehr moralisch, meine WG-Mutter, Echtheit steht für sie ganz oben; und wenn schon Frauen nicht echt oder ehrlich sind, wer sonst? Ursel nämlich, muss man wissen, ist Tochter eines Wehrmachtsoffiziers und einer Frau, die bei der Olympiade neunzehnhundertsechsunddreißig zum jugendlichen Vorprogramm gehört hatte; die anderen Großeltern hatten dem Ganzen sogar noch näher gestanden, was Ursels frühen Linksruck erklärt und meinen Gegenruck hin zur Mitte, auch wenn Vertreter dieser Mitte Leute wie mich jetzt je nach Bedarf Haie oder Heuschrecken nennen, nur weil Autofahrer auch Wähler sind, was ganz schnell vom Tisch wäre, wenn man unter drei Litern Hubraum nur eine halbe Stimme hätte, also das qualifizierte Wahlrecht eingeführt würde mit zwei Stimmen für jeden Leistungsträger ab einem Steueraufkommen von einer Million. Aber das ist ein weites Feld, wie Fontane laut Selma sagt, und mein kleines Feld im Waldhaus lag zwischen zwei Beinen, die immer dünner wurden vom Rollstuhlfahren. Es klingelte an der

Tür, das war Kim III, sie brachte meine Nachttablette; früher hätte ich sie, wie gesagt, längst vernascht, jetzt sah ich auf ihre Kniekehlen, und nichts rührte sich bis auf ein Ziehen, mein Selma-Ziehen sozusagen – das so ganz anders begonnen hatte: als fast schon schmerzendes Glück.

Der Firmenflug, auf dem sie und ich die einzigen Passagiere waren, ging leider nur nach Dublin, wo Selma eins ihrer Stiftungsschafe zu besuchen hatte, einen Autor, der dort – mit erstem Wohnsitz und darum wie alle Künstler auf der Insel von der Steuer befreit – seit Jahren vor sich hin schrieb, wie sie erzählte, während ich zu einem diskreten Treffen in grüner Umgebung musste. Etwa bis zur Kanalüberquerung sprachen wir nur über den Autor, also zu lange, dann kam eine Turbulenz, und Selma, die zwar die Annehmlichkeiten eines Privatfluges schätzt, der Sache selbst aber misstraut, ergriff meine Hand, worauf ich unsere Sitze mit einem Tastendruck zurücksinken ließ. Ich weiß nicht, ob Sie schon einmal in einer schlanken Falcon 2000 Ex, ausgestattet von den Hamburger Innendesignern Schaaper & Tieck, gereist sind, eher wohl nicht, aber man bewegt sich da in einem fliegenden Penthouse, das selbst Turbulenzen zu einem Vergnügen macht, wenn die breiten kalbslederbezogenen Massagesitze in eine bettgleiche Position gleiten, während durch Jalousien die Verdunkelung der Fenster erfolgt, damit das stürmische Geschehen außerhalb der Maschine nicht einmal optisch das Geschehen im Inneren – Verhandlungen, Telefonate, oder einfach erholsamer Schlaf – beeinträchtigt.

Ich nutzte auf jeden Fall diese Option, und kaum war es bis auf eine rötliche Notbeleuchtung, wie man sie aus alten Kinos kennt, im Passagiersalon dunkel, suchte ich Selmas Mund, und zwar nach dem Duft der Konfiserie, die beim Betreten der Maschine für uns bereitlag; und nie vergesse ich diese Mischung aus Kakao, Trüffel und Minze in Verbindung mit Selmas blassen, aber vollen Lippen und ihrer Zunge, die meiner nur einen Moment lang entgegenkam, mich an ihr kosten ließ und dabei auch den Geschmack einer fremden Zunge – wir siezten uns ja noch – aufnahm. Dann schob sich eine Hand zwischen unsere Münder, Selmas Hand, und zu meiner größten Überraschung hörte ich sie flüstern, dass es bis Dublin nur noch dreißig Minuten dauere und sie keine Lust habe, sich innerhalb von dreißig Minuten aufzulösen und wieder vollständig herzurichten. Wenn wir das schon tun, tun wir's langsam, sagte sie, und so trafen wir uns zwei Tage später im Savoy in London und taten es im hellblauen Schein meines Laptops. Es war die Nacht, in der das US-Hypothekenschlamassel in Form eines Schattens hinter dem Komma, wenn man den Blick dafür hatte, erstmals über die Wall Street hinausreichte, und kurz nach Selmas drittem Jubel stand der Ölpreis in Tokio plötzlich bei hundertsechsundzwanzig Dollar das Barrel, und es gab eine Chance, die Hundertdreißigermarke zu knacken und den Liter Super irgendwann auf eins fünfzig zu bringen, aber da beugte sich Selma über mich, und ihr fallendes Haar wurde zu einem Schleier um unsere Gesichter. Das Bildschirmblau drang nur noch schwach hindurch, und ihre Wangen und Lippen erschienen mir auf einmal noch weicher und liebenswerter als in den Stunden zuvor; am schönsten aber waren ihre Augen, die so etwas wie Ruhe oder friedliches Wollen auf mich herabsandten; außer da zu sein, gab es nichts mehr zu tun.

17

Das mit dem Ölpreis, um es bei der Gelegenheit einmal zu sagen, ging übrigens so: Man erwarb das Recht, zu einem bestimmten Zeitpunkt in der Zukunft – daher der englische Ausdruck *futures* – eine bestimmte Menge des Produktes Rohöl zu einem festen Preis geliefert zu bekommen oder auch abzugeben, eine Vorgehensweise, die ihren Ursprung bei den amerikanischen Farmern hat, die schon vor der Ernte sichergehen wollten, wie viel Geld sie für ihr Getreide bekämen – womöglich bedroht von Dürre und Hagel –, damit ihre Investitionen besser zu planen waren. Aber irgendwer musste das Risiko übernehmen, und da sprangen Leute wie ich ein, die Pioniere meines Berufs, Männer, die sogar damit rechneten, nach einer Missernte ihr Recht auf das knappe Korn zu einem bestimmten Preis mit Profit an die Bäckereien weiterverkaufen zu können. Und später ging es dann nur noch darum, die Risiken dieser Zeitgeschäfte zu mindern, und so kam man auf die Idee, dass der Anleger mit dem Rohstoff selbst, also dem Öl in meinem Fall, gar nichts mehr zu tun haben sollte, um sich sozusagen nicht die Hände daran schmutzig zu machen: er blieb sauber, aber auch ich und meine Bank blieben sauber, alle blieben sauber. Man erwarb nur im Auftrag von sonst wem die Rechte zum künftigen Kauf oder Verkauf von Öl und vereinbarte dann wiederum zu jedem Kaufrecht ein künftiges Verkaufsrecht, und die Differenz zwischen den Preisen beider Rechte ergab den Gewinn oder Verlust. Es waren nichts als Leerverkäufe und damit – bis vor kurzem, muss man wohl sagen – eine fast risikolose Art, zu spekulieren (was ja eigentlich nur Ausschau halten heißt), und das speziell beim Öl, weil die Verluste an den Kassen der Tankstellen weltweit ausgeglichen wurden, ohne dass es der Einzelne richtig merkte; er ärgerte sich nur ein wenig über die hohen Benzinpreise. Und der November, Höhepunkt der Hurrikansaison, war der Wonnemonat in dem Geschäft. Tobi und ich saßen Tag und Nacht vor unseren Zwillingsschirmen, man konnte die Dinge nach Belieben steuern, mal von bedrohten, mal von aufgegebenen Bohrinseln sprechen; ein Kollege hatte seine uneheliche Tochter sogar Katrina genannt, nach dem berühmten Wirbelsturm: eine Referenz an die Wetterfeen, die einem zur Seite standen, aber auch das Reagieren auf die Verunglimpfungen unseres Gewerbes – denen man entgegenhalten könnte, dass wir Spekulanten oder Ausspäher ja nur den Blick in die Zukunft lenken, auf zu erwartende Knappheiten, etwa wegen der Nachfrage aus China und Indien, und durch das Hochhalten von Preisen der Verschwendung eines begrenzten Gutes vorbeugen. Aber wie auch immer: Meine Tätigkeit hatte allein im Halbjahr der Korkenzieherattacke nebenbei den GT 3 RS als Zweitporsche abgeworfen, im Grunde ein Kinderspiel, hinter dem Rücken der Etage über uns, also hinter dem von Selma und der Kulturstiftung, womit der erste Großkonflikt zwischen ihr und mir schon angedeutet wäre.

18

Die Tablette, die mir Kim III noch ans Bett gebracht hatte, oder ihr einschläfernder Wirkstoff war gänzlich an mir vorbeigegangen; mit Helenes Anwesenheit im Waldhaus nutzte sich mein Amitriptylin mehr und mehr ab. Also las ich in dieser Nacht zum ersten Mal in dem Büchlein, das mir Doro aus der Alters-WG vor meiner Verlegung noch heimlich zugesteckt hatte, ein wirklich schmales kleines Buch, mit einem Einband wie ein Zebrafell, weißen und schwarzen Streifen, und auf einem der weißen wie versteckt der Name der Autorin, Marguerite Duras (nie gehört) sowie der Titel, *Der Mann im Flur*.

Nach einer halben Stunde war ich durch und fix und fertig. Ich konnte kaum glauben, was da stand, aber es stand da: in feinen, schön gesetzten Buchstaben, denen es völlig gleichgültig zu sein schien, welchen Sinn sie ergaben. Und die halbe Stunde Lesen war nur so verflogen, obwohl gar nicht viel passiert auf den wenigen Seiten. Eine Frau erzählt da von einer anderen Frau, die sie auch selbst sein könnte, von einer, die auf einen Mann in einem dunklen Flur trifft, der auf sie herabsieht, der sie anpieselt und der sie liebt, einfach so, weil sie da ist, und dem sie sich hingibt, auch einfach so, obwohl er stinkt, fertig. Ich kann nicht sagen, dass es mir gefallen hätte, aber es hat Eindruck auf mich gemacht wie die ersten Sätze der Bibel, da gibt es auch nichts zu verbessern. Siebzehn Seiten wie aus der Bibel, der einer Frau, und wenn mir nur eine viertel Seite von der Sorte gelänge, wäre das vielleicht schon ein kleines Stück Heilung.

Mir blieb ja nur noch diese Art Kur, abgesehen von Professor Corduas Gewaltkur, die wieder bevorstand; die andere, sich wundersam in einem ausbreitende Heilung, meinerseits nur ein einziges Mal erlebt, war für mich gestorben: mit genau der Person, die mir das Erlebnis beschert hatte. Es war an einem Sonntag, dem Tag, wie gesagt, an dem in ganz Amerika, zeitverzögert, die Truthähne auf den Tisch kamen, und es war bei mir in der Wohnung. Wir hatten vorher noch etwas ferngesehen, eine Plapperrunde zu der Frage, ob die Deutschen Humor hätten, und einer in der Runde spielte ständig mit seinem Daumen – verrückt, wie sich so etwas einprägt –, bis Selma auf einmal sagte: Ich möchte mit dir schlafen, Daniel, geht das?

Zum ersten Mal gebrauchte sie diese Worte, nachdem sie vorher jedes Wort vermieden hatte, wenn es um Bettdinge ging, nur stumm damit anfing, und nun diese altmodische Bitte. Mit großem Ernst sagte sie das, als die Humorsendung noch lief, und wir taten es dann auch mit großem Ernst, ohne Musik, ohne Fernsehen, ohne Wein und vorheriges Bad und weder mit speziellen Düften und Wäschestücken noch mit anderen Vorkehrungen. Wir taten es auf meinem Bett, das war das Einfachste, und wir taten es langsam, das war das Beste. Ich zog sie aus und legte sie auf den Rücken, ich hob ihre Beine an und küsste die Unterseiten der Schenkel, bis zur Stelle, an der sie sich trafen oder fast trafen. Und sie machte anschließend dasselbe: Sie zog mich aus und legte mich auf den Rücken, sie hob meine Beine an und küsste die Unterseiten der Schenkel, bis zur Stelle, an der sie sich trafen oder fast trafen. Sie verwandte darauf dieselbe Sorgfalt, die ich verwandt hatte, sie pustete sogar auf meinen empfindlichsten Punkt wie ich zuvor bei ihr; es gab keinen Unterschied zwischen uns, wir waren ein Geschöpf mit zwei Geschlechtern, auch noch als ich auf ihr war und sie die Beine öffnete, so, wie es sein sollte, die Knie etwas angehoben, die Zehen an meinen Waden, während ihre Hände in meinem Nacken lagen. Ich spürte Selmas Nägel, die oval waren, nicht etwa spitz, wie sie wild auf meiner Haut herumschrieben; denn sie gehörte nicht zu den Frauen, die irgendwelche Wörter keuchten, dafür zitierte sie gern Rilke im Bett, ihren Seelenriesen, wie sie ihn nannte, und wenn man im Internet nachsah, stieß man auf einen hässlichen Zwerg. Aber in dieser Nacht machte sie eine Ausnahme und wurde deutlich, allerdings erst beim dritten Mal, in den frühen Morgenstunden, nachdem die zwei ersten Male noch etwas verunglückt waren, von meiner Seite; ich kam zu früh, und Selma hat es mir nachgesehen, sie wusste, dass es ein drittes Mal geben würde, unseren Ernstfall.

Gegen Morgen – als in Amerika noch immer Truthähne verzehrt wurden und folglich alle Börsen in Asien ruhten – schob sie sich auf einmal unter mich und machte ihre kultivierten Beine so breit, dass es mir schier den

Hals zuschnürte. Selmas Hand mit den feinen Nägeln schloss sich um meine noch intakte, nur erschöpfte Corona, während sie mir etwas ins Gesicht sagte, das mir noch keine Frau ins Gesicht gesagt hatte: *Fick mein Herz!* Danach küsste sie mich, und es war allein dieser Kuss, der alles noch einmal anschwellen ließ, zum Turbo Cabrio mit zurückgestreiftem Verdeck, doch in dem Fall ziehe ich das Wort *Schwanz* vor: zu meinem wunderbar harten Schwanz, hart und voll, als wäre sie selber hineingeschlüpft wie die Hand des Puppenspielers in die Puppe (was mir schon einiges hätte sagen können). Und dieses vor Glück Steifgewordene schob sich Selma in den Schoß, womit die beste Stunde meines Lebens begann, erfüllt von dem unverhofften, nicht für möglich gehaltenen nochmaligen langsamen Sichbewegen in der Frau, die ich liebte, bis es, wie im erotischen Märchen, ihr und mir gleichzeitig kam, also wahrlich noch einmal ging oder überhaupt erstmals wie von allein klappte – ohne unser Zutun, das heißt nur unter Zutun der Sympathie, wenn man dieses Wort ernst nimmt. Wir jauchzten uns gegenseitig in die Münder und weinten einander an, soweit das möglich ist, am Schluss nur noch schnaufend, als hätten wir den jährlichen Halbmarathon der Frankfurter Geldinstitute mitgemacht, während unsere Hände ineinandergriffen, so fest, wie sich Paare auf einem sinkenden Schiff an der Hand halten; ein fast verzweifeltes Einsseinwollen, wo doch eins der zappligen Fädchen, die meinem Porsche in jener Nacht noch ungehindert entströmen konnten, unsere Verschmelzung bereits geschafft hatte oder geschafft haben könnte, was auf dasselbe hinauslief, wie sich nur einen Monat später zeigen sollte.

Unser Atem beruhigte sich langsam, unsere Körper lösten sich voneinander, und Selma beugte sich zu mir herunter. Sie streichelte meine erschöpften Teile und küsste sie ringsherum und legte sie gleichsam schlafen, und ich tat das Gleiche bei ihr: Ich beugte mich zu ihr herunter, streichelte ihre erschöpften Teile und küsste sie ringsherum und legte sie gleichsam schlafen. Und auch für den Rest der Nacht und die Morgenstunden blieben wir zusammen, Rücken an Rücken wie siamesische Zwillinge; erst gegen Mittag stand Selma auf, weil sie einen Frisörtermin hatte, und ich telefonierte mit Tobi, um die amerikanische Agonie nach den vielen Truthähnen für uns zu nutzen.

19

So, heute wird wieder bougiert, mein lieber Herr Deserno, nicht wahr!, rief Professor Winnetou, als mich Kim II in den Behandlungsraum hinter seinem Büro schob, und das alles entscheidende Wort betonte er, als ginge es um eine Spezialität der französischen Filetierkunst, worum es leider nicht ging. Stattdessen ging es, wie an jedem Mittwoch, um den medizinischen Teil meiner Behandlung und damit den unappetitlichen dieses Berichts.

Schräg hinter Cordua stand Kim III, wie auch bei der täglichen Visite, nur dass sie jetzt ein Silbertablett in den Händen hielt, ähnlich dem, das mir als Messdiener einmal mit sämtlichen Hostien aus der Hand geglitten war; aber nicht deshalb brach mir der Schweiß aus, und das von Kopf bis Fuß, der Schweiß brach mir beim Anblick von zehn mikadoartigen Stäbchen aus, die mit ihren silbrigen Spitzen unter einer sterilen Abdeckung hervorschauten. Ob ich bereit sei, fragte Cordua – der angeblich dreißig Prozent der Waldhausanteile hielt; die Übrigen sollten sich auf Pharma- und Medienvorstände verteilen, und das Ganze funktioniere als Holding mit Sitz in Winterthur, wie der falsche Senator abends im Kaminfoyer erzählt hatte.

Ich nickte dem Professor zu, was blieb mir auch anderes übrig, und er ließ sich die bleichen Kondomhandschuhe überstreifen. Ist die Urethra erst wieder durchlässig, werden Sie auch wieder gehen wollen, Herr Deserno! Cordua schenkte mir einen ganzen Blick bei dieser halbmedizinischen Aufmunterung, die meine Harnröhre und die Gehstörung betraf, dann zückte er auch schon eins der Metallstäbchen, die sowohl an das Mikadospiel als auch an den gewöhnlichen Grillspieß erinnerten, während Kim III bereits mein sozusagen in sich versunkenes Wrack hervorzog. Es war das dünnste der Stäbchen, das Cordua jetzt wie einen Dirigentenstab hielt, und es sollte als Erstes eingeführt werden, um die vernarbte Harnröhre zu dehnen. Ihm folgten die neun jeweils dickeren, um die Dehnung möglichst schonend zu gestalten, damit die sogenannten Strikturen in der Röhre nicht erneut aufrissen. Aber der eigentliche Schrecken dieses Verfahrens – ich kann es nicht genug betonen – lag in der Ähnlichkeit mit dem Ausgangspunkt meines Leidens, nämlich der Korkenzieherattacke, die sich darin gleichsam wiederholte, bloß eben methodisch. Und das alles nur mit einer oberflächlichen Narkose, die dem Schrecken nichts von seinem Schrecken nahm, zumal die Stäbe an ihrer Spitze keine Kamera hatten; Cordua kontrollierte seine Vorstöße nur mit Hilfe eines gewöhnlichen Endoskops, also eines optischen Systems herkömmlicher Art, während mir Kim III alles andere als liebevoll das Präputium, besser bekannt als Vorhaut, zurückschob und mein Ostium Urethrae oder auch Harnröhrenmund auf einmal wie das Mündchen eines aus dem Wasserglas gefallenen Goldfisches auf- und zuschnappte und sich die Corona glandis in einer Weise spannte, dass sich das Ende des ersten Stabs darauf zu spiegeln schien. Und bei allem tat Cordua auch noch so, als würde er mitleiden; er nickte, sobald ich zu stöhnen anhob, er riet mir, gleichmäßig zu atmen, wie man es Delinquenten vor der Hinrichtung empfiehlt, und er lockerte die Tortur durch Erklärungen auf: Foltermeister, Arzt und Conférencier in einer Person.

Ihre Verletzungen im Corpus spongiosum penis, die zu dem Blutverlust geführt haben, heilen nur sehr langsam, lieber Herr Deserno, sagte er in tröstlichem Ton, um dann wieder bedauernd zu nicken, als er mit einem neuen Stab kam und Kim III mit ihren kurzen Fingern mein Ostium spreizte: etwas, das unter normalen Umständen ja reizvoll sein kann. Auch Selma hatte an dem bewussten Abend so angefangen, sogar die Zungenspitze in das rote Mündchen gesteckt, um mir eine besondere Freude zu machen. Und an diese Freude dachte ich beim Bougieren: zwischen Stab drei und Stab neun half die Erinnerung, bis Cordua dem jäh in die Quere kam. Haben Sie früher unter Priapismus gelitten, fragte er beim Hineindrehen von Stab zehn, unter schmerzhaften Dauererektionen? Er sah mich an und drehte weiter, und ich schüttelte nur den Kopf, um das Gespräch darüber gar nicht erst aufkommen zu lassen. Natürlich hatte ich Dauererektionen gehabt, mehr oder weniger eine einzige vom elften bis zum siebzehnten Lebensjahr, aber auf einer Skala schwerer Schicksale, die von eins bis zwölf reicht, wäre das allenfalls eine matte Zwei, während mein momentaner Zustand an die Sechs heranreichte.

So, das war's, sagte der Professor und strich sich das Winnetou-Haar zurück, als Kim III bereits mit dem Rollstuhl kam. Sie hob mich hinein und verstaute das Wrack, sie schloss die Hose und wischte mir den Schweiß vom Gesicht; und ich fühlte mich schon entlassen, als Cordua noch einmal die Hand nach mir ausstreckte und alle Armhärchen in die Höhe trieb. Aber es war nur eine Verlegenheitsgeste, der Anlauf zu etwas Persönlichem. Herr Deserno, murmelte er – plötzlich ganz sachlich im Umgang mit meinem Namen, ja fast devot –, wie sehen Sie die aktuelle Lage, wer wird als Nächster fallen? Und dann nannte er, leise fragend, meine Exbank, in die er sein Geld gesteckt habe, in Form von Aktien, und ich sagte, ebenso leise: *Halten* – was noch in diesem Herbst, wenn ich die Dinge richtig sah, für meinen Foltermeister wie zehn Stäbchen auf einmal in der eigenen Röhre wäre.

Cordua bedankte sich durch ein Heben der Hand – er hatte wirklich viel von Winnetou – und übergab seinen

Patienten aus der Investmentwelt an Kim III. Und die schob mich durch die Flure des alten Gebäudes, über hölzerne Schrägen, nachträglich eingebaut, und rote Läufer, gehalten von Messingstäben, die mir neuen Schweiß ins Gesicht trieben; sie schob mich langsam, also schonend, wie immer nach dem Bougieren, und als es am Empfang vorbeiging, schnappte ich einen Namen auf: den eines neuen Patienten, dem Corduas Managerin, die scharfe Campus oder Schampus, gerade die Formalitäten erklärte. Ich war zu erschöpft, mich umzuwenden, ich fragte mich nur, wo ich diesen Namen schon einmal gehört hatte.

20

Erst mit einem Anruf von Helene legte sich die Erschöpfung, ja schlug sogar ins Gegenteil um, in eine fast vergessene Euphorie. Sie fragte nämlich, ob man beim Dinner nicht an einem gemeinsamen Tisch sitzen sollte, worauf ich nur *Ja* flüstern konnte wie eine überforderte Braut.

Und so saßen wir später an ihrem Einzeltisch, der dank Giuseppe zu einem Zweiertisch wurde, mit dem neuen Patienten als einsamem Nachbarn. Hin und wieder sah er zu uns, ein kräftiger und doch in sich erschütterter Mann mit großen Augen und tiefen Stirnfalten und einer hässlichen Narbe auf der Wange, als sei sie mit einem Splitter durchbohrt worden. Sein Name kam mir noch immer bekannt vor, nur war ich viel zu sehr mit Helene beschäftigt, um darüber nachdenken zu können – mit ihr und einem halben Dutzend Austern, die an dem Abend als Vorspeise gereicht wurden, dazu ein Glas vom besten Franciacorta, um die italienische Note zu wahren. Denn die Frage war ja, ob sie die Austern verschmähen würde, vielleicht mit dem Hinweis auf Hepatitis, oder ob ihr die kleine kühlglibberige Masse nichts ausmachte – diskreter Test an jeder Frau hinsichtlich ihrer Grenzen im Bett. Nur wollte ich Helene gar nicht testen, ich wollte einfach nur mit ihr essen und, wenn man es genau betrachtet, einfach nur bei ihr sein. Kein Test musste mir sagen, dass sie liebenswert war oder aufgeschlossen, verlässlich oder geschickt; sie strahlte das alles aus und war gewissermaßen die Bank der Zukunft in Gestalt einer Frau: ehrlich, bescheiden und doch erfolgreich. Jede Rating-Agentur hätte mich vor ihr gewarnt – außer sie hätte Anteile an Helene besessen, wäre also selbst mit ihr ins Bett gegangen –, aber ich musste auf so etwas nicht mehr hören und musste auch kein faules Zeug mehr zu Blue Chips hochloben lassen; ich musste nur noch auf mich oder den Rest meines Porsches hören, und der sagte mir mit biblischer Schlichtheit: Sie ist gut.

Helene hob die erste Schale an den Mund und schlürfte sie mit einem Geräusch, das unseren Quasitischnachbarn aus der Versenkung holte. *Mahlzeit*, kam es halblaut und etwas verwaschen aus seinem Mund, wohl aufgrund der Wangenblessur, und auf einmal wusste ich, wie der Name des Mannes in meinen Kopf gelangt war. Er hatte seinerzeit in Frankfurt mit dem Kultursumpf aufgeräumt, mehr so nebenbei, ohne zu wissen, wen er da zum Schweigen brachte, jedenfalls war das Selmas Version, und nun saß er hier einfach nur, ein müder alter Mann mit Depressionen, der wohl nach Verjährung aller Taten Anschluss suchte.

Man darf gar nicht erst so alt werden, flüsterte Helene, als Giuseppe schon mit dem zweiten Gang kam, einem *Frittata ai Tartuffi* oder Trüffelomelett, dazu geröstete Brotwürfel in smaragdgrünem Olivenöl aus den Abruzzen. Sie legte mir eine Hand auf den Arm, als könnte das dem Altern vorbeugen, und ich nutzte die Gelegenheit, um sie zu fragen, weshalb sie überhaupt hier sei, bei ihrem Megaerfolg. Ihre Hand schien schwerer zu werden, und dann rutschte sie einfach von meinem Arm und fiel über die Tischkante. Erfolg bei wem?, sagte sie. Vielleicht wechseln wir das Thema. Wollen wir vom Küssen reden? Sie lächelte ermunternd, aber ich wusste nicht, wie ich das Thema angehen sollte, ohne es umzusetzen, und so fragte ich, was mit ihren Tantiemen geplant sei. Helene tunkte einen Finger ins Öl und fuhr mit der Zunge darüber, dann seufzte sie und zuckte mit den Schultern, was einen Sparkassenleiter förmlich herausforderte, seinen Zertifikatebauchladen für sie zu öffnen. Festgeld und sonst nichts, sagte ich und erklärte ihr bis zum Hauptgang die Vorzüge.

Es gab *Piccioni allo Spiedo*, und mit jedem der gebratenen Täubchen kamen wir dem Thema, dem ich ausgewichen war, schließlich doch immer näher. Weit über unsere Teller gebeugt, erzählten wir einander von ersten Küssen und mehr, ob im Auto oder auf einem Nachtflug unter der Lufthansadecke, während der Sitznachbar den Bordfilm sieht, nicht ahnend, dass neben ihm ein Sodom und Gomorrha herrscht. Ein einziges Getuschel hinter vorgehaltenen Servietten war das zwischen Helene und mir, ein leises Duett noch beim Dessert, einer *Zuppa Inglese*, und auf einmal wurde daraus ein Terzett. Unser Tischnachbar – angeblich hatte er damals nur aus Liebe gehandelt und versehentlich einen Großkopf erschlagen – schien sich sekundenlang einzumischen, mit einer vor sich hin gemurmelten Frage, die uns beide verstummen ließ, als sei sie der Punkt hinter allem. *Warum tut lieben mehr weh als töten?*

Ich werde darüber nachdenken, sagte Helene vor meiner Tür – statt mir den Mund oder wenigstens eine Wange hinzuhalten –, und mir gelang nur ein Gute Nacht, voller Erstaunen gegenüber einer Zwanzigjährigen mit eigenem Kopf. Ich sah sie geradezu nachdenken, auch als sie längst weg war, und später im Bett, als meine Tablette wieder nicht half, dachte auch ich über diese hingemurmelte Frage nach, und statt einer Antwort fiel mir nur das seltsamste Erlebnis mit meinem Porsche ein.

Schauplatz war eine Videokabine, die ich manchmal in Pausen aufgesucht hatte, um nicht verrückt zu werden vor lauter Zahlen. Und in einer Nische seitlich dieser Kabine drückte sich oft eine kleine, schon ältere oder ältliche Frau herum, lächelnd, kaum dass man sie ansah, ein Lächeln, bei dem ihre Augen gänzlich zugingen und im Gesicht unzählige Fältchen entstanden, eine hutzlige Person mit zierlichen Stiefeln, auf die der Ausdruck Mütterchen passt, *Mütterchen Blowjob*; denn mit leiser, flötender Stimme, der Stimme der Sirenen, fragte sie jeden, der an ihr vorbeikam, ob sie ihm helfen dürfe in der Kabine, für zwanzig Euro. Und eines Mittags, nach ein paar üblen Margin Calls, damit Leute, die über uns Aktien gekauft hatten, um sie gleich zu beleihen – Pakete, die über Nacht kaum noch ihr Papier wert waren –, neues Cash nachschossen, sowie einem Anruf bei meiner Inderin in Bengaluru, damit sie Ursel eine Karte für die Stones besorgte, obwohl es keine mehr gab für denselben Abend, wurde ich schwach und ging mit der Hutzligen in die Kabine. Dort ließ sie mir die Hosen herunter wie einem Buben, putzte den Porsche mit feuchtem Klopapier, das sie dabeihatte, und beugte sich dann über ihn, während ich auf den Bildschirm sah, wo mal der eine, mal der andere Schnipsel lief, je nachdem, welche Taste man drückte. Ich tat eigentlich, was ich immer tat, auch zwei Straßen weiter, bis mir auffiel, dass meine Helferin ebenfalls auf den Bildschirm sah, von unten heraufschielend, ein trauriger Blick, weil ihr wohl klar war, dass ich mir etwas ganz anderes wünschte, so wie sie sich auch etwas ganz anderes wünschte als mich oder ihre Tätigkeit. Also waren wir beide betrübt, und als sich unsere Blicke trafen, wurde mein Porsche winzig, und sie berührte ihn wie ein neugeborenes Mäuschen, dessen sinnlose Existenz man bedauert, bis ich ihr einen Hunderter gab, um sie und mich zu erlösen. Mütterchen blow job bedankte sich, indem sie mir eine Hand aufs Herz legte, danach verließ sie die Kabine, und ich kehrte zurück in meine Abteilung, zu Leuten, die allesamt glauben, jeder lebende Wicht sei dem größten Toten überlegen. Nur war ich an diesem Nachmittag selbst wie tot, ein toter Wicht, kraftlos vor seinem Bildschirm. Ich traf falsche Entscheidungen, die zum Glück keinem auffielen (nur den Autofahrern an der Zapfsäule, Tage danach, als der Liter plötzlich bei 90 Cent war), ja ich verkroch mich nach der Abendpizza in unserem marmornen Waschraum, bis eine Nachricht aus der Frankfurter Festhalle wie ein Beweis war, dass es noch Leben gab: *I get satisfaction right now, Ursel!* Meine unbekannte Inderin hatte mal wieder ganze Arbeit geleistet.

21

Die nächsten Tage waren eintönig. Es regnete, und Helene blieb im Bett, das Vorrecht der Bedrückten. Leider konnte ich nicht auch das Bett hüten, als Gehbehinderter musste ich meine Übungen machen, unter den Händen von Marlies, die nicht müde wurde, von ihrer Ehe zu reden, so wie Selma noch am Abend der Attacke von einer *denkbaren Idealehe* geredet hatte. Wir könnten eins dieser Paare sein, die von allen beneidet werden, sagte sie beim Entzünden der Kerzen, und ich beschränkte mich darauf, sie vom Sofa aus zu betrachten, wenn sie sich streckte, um bis an die Spitze des geschmückten Baumes zu kommen.

Selma hatte ihr großes Rotes an dem Abend getragen, nicht eins ihrer kleinen Schwarzen, ein knöchellanges Samtkleid mit freien Schultern, und diese Schultern waren prachtvoll und sind es noch immer, desgleichen die

Hüften, während ihr Gesicht schnell etwas nervös Überanstrengtes hat. Meine liebe verfluchte Selma ist äußerlich eine Mischung aus Stattlichem und Zerbrechlichem; man kann ihre stutenhafte Seite mögen oder die feinnervige mit einer nicht endenden Wachsamkeit der Augen, auch wenn sie mir den weichen Mund überließ oder in ihre spitzen Seufzer ausbrach. Wenn Selma kam, gab es immer noch eine Selma II, die der Kommenden beistand und sie zur Räson brachte, sobald es zu viel wurde; bis auf eine einzige Ausnahme *(F... mein Herz)* war sie immer manierlich gekommen, könnte man sagen: als hätte sie nur mit einem mir ähnlichen Herren auf der Bettkante Konversation gemacht, in einem ihrer grauen Meetingkostüme.

Doch an dem Weihnachtsabend in ihrer Wohnung das große Rote, dem mein Blut kaum etwas anhaben konnte, und dabei immer noch ihr manierliches Lächeln, das auch kaum aufhören wollte, als der Korkenzieher – vielleicht nach einer fahrigen Bewegung, von meiner Seite provoziert, ich möchte das gar nicht ausschließen – den falschen Weg genommen hatte, während mir buchstäblich die Hände gebunden waren, wie ich hinzufügen muss; man sollte einer Frau zu Weihnachten keine Handschellen schenken, auch nicht im Spaß, die Versuchung, sie im falschen Moment auszuprobieren, ist einfach zu groß. Natürlich hatten wir über Fesselspiele geredet, man redet ja über vieles im Bett, sogar übers Heiraten, aber es waren eben nur Worte, bis sie meine Überraschung, ein Paar echte Handschellen, gekauft in einem Waffenladen im Bahnhofsviertel, auspackte – was nie passiert wäre, hätten Ursel und ihr vergeistigter Lebensgefährte nicht Selmas Einladung zu dem bürgerlichen Fest abgelehnt. Die zwei wollten wohl lieber koksen, statt sich Kaviar aufzuhäufen, also waren wir unter uns bei der Bescherung. Ich übergab das Päckchen mit den Handschellen, *Fröhliche Weihnachten!*, und Selma stellte mir eins, so groß wie eine Pilotentasche, auf den Gabentisch. Aber warte noch damit, sagte sie, und ich packte zuerst ein kleineres aus, darin der Korkenzieher von Alessi, passend zum Wein, den ich mitgebracht hatte. Doch statt ihn gleich zu öffnen, was uns womöglich auch gerettet hätte, probierten wir die Handschellen aus, das heißt, ich ließ sie mir anlegen, hinter dem Rücken und um ein Heizungsrohr, wie das Opfer einer Entführung, kauernd auf dem Boden. Selma zeigte mir den Schlüssel, um ihn dann an den Baum zu hängen, zwischen zwei funkelnde Kugeln, während in der Wohnung unter ihrer plötzlich gesungen wurde. Das sind die Langhoffs, eine echte Familie, sagte sie mit einem Unterton, als könne man davon lernen, und setzte sich auf meine Beine, die bis zum brennenden Baum reichten. Es war nicht bequem für mich, aber scharf, weil ihr Kleid bis zu den Schenkeln hinaufglitt, und ich nahm auch in Kauf, dass die Handschellen recht eng waren und das Heizungsrohr in meinen Rücken drückte.

Kurz: Ich war glücklich, als Selma zu dem großen Paket griff, glücklich als Mensch und scharf als Mann. Das Zweite bemerkte sie leider und schlug vor, doch lieber zuerst meine Hose zu öffnen und dann das Paket, und nachdem das getan war – so behutsam, als legte sie eine

Wunde frei und keinen Porsche in Vollausstattung –, nahm sie sich ihres Hauptgeschenks für mich an und packte auch das behutsam aus, jedenfalls die erste Lage. Dann nämlich riss sie alles Goldpapier auf einmal herunter, und hervor kam ein Windelpaket, an das ein Schwarzweißbildchen geheftet war, das aussah wie die Verkleinerung eines Richter-Gemäldes mit all seinen Unschärfen. Nur war das kein Tipp für eine Anlage mit hoher Rendite, es war das Dokument für einen drohenden Abschwung in all meinen Freiheiten, so schien es: ein Beweis für das gezeugte, keimende Leben. Was da an den Windeln hing, war das Bild eines neuen männlichen Menschleins, angeblich wenige Wochen nach seiner Entstehung, als in Amerika die Truthähne auf dem Tisch waren. *Ebenfalls fröhliche Weihnachten*, sagte Selma.

22

Aufschwung war übrigens, neben Rendite, das Wort, das alle im Schweinedepartment wie ein Brett vorm Kopf hatten, ohne einen Gedanken daran zu verschwenden, dass es nur so lange aufwärtsgeht, bis es abwärtsgeht, eins der simpelsten Dinge im Grunde, wahrscheinlich *zu* simpel. Die Finanzwelt konnte nicht nur aus Gewinn bestehen, irgendwo musste auch der Verlust stecken, und jahrelang hatte die Sprache darüber hinweggetäuscht, meine Wortschöpfungen taten das ihre dazu: die dunkle Seite des Schreibtalents. Nur heißt Risiko eben *Risiko* und nicht *Wert*, so wie verschleiern nicht *verbriefen* heißt oder

Banker nicht *Bankier* und andererseits bumsen oder möbeln auch nicht *lieben. Rules are for fools,* sagten wir gern, und dabei hätte es schon gereicht, die Semantik zu beachten.

Aber ich war bei Selma und ihrem höchst intimen angeblichen Aufschwung, belegt durch ein Bildchen, das zu dem Zeitpunkt noch gar nicht hätte entstehen können, nur welcher Mann weiß das schon? Ich wusste ja nicht einmal etwas von Selmas Wunsch, sich und ihr Leben mit einem Kind abzurunden; dagegen hätte es keiner besonderen Kenntnis bedurft, um vorherzusehen, dass sie zu unserer Wiederbegegung anlässlich der Lesung im Kaminfoyer, ein normales Wachstum vorausgesetzt, mit einem schon zwei Monate alten Jungen, der mein Sohn wäre, anreisen könnte; nur fiel mir in diesen herbstlichen Tagen, als mein Denken nach all den Monaten des Brütens erstmals wieder über mich hinausging, dank Helene und dank der Finanzkrise, das Ausbleiben einer Geburtsanzeige auf.

Irgendetwas stimmte nicht, das sagte mir der Instinkt, der mich schon letztes Jahr vor Zinsswap-Deals und Subprimes gewarnt hatte, vor Quickies mit anderen Häusern, die jetzt keinen Cent mehr von uns bekämen wie auch wir nicht von ihnen; seit es im Frühjahr angefangen hatte aus den Landesbanken zu stinken, traute keiner mehr dem anderen, der Anfang vom Ende; es war wie bei Selma und mir, und ihr angekündigter Besuch hatte etwas von einem Termingeschäft, bei dem man die Risiken im Grunde nicht abschätzen kann. Hatte sie ein Kind, oder hatte sie keins? Eher keins, wenn sie nach

Dubai reiste. Wenn es ihn aber nicht gab, diesen zwei Monate alten Knaben, dann hatte sie ihn verloren oder abtreiben lassen, in jedem Fall unangenehm; und falls das Kind doch auf einer Welt wäre, die gerade zusammenbrach, sollte ich nichts davon wissen, als handelte es sich um ein Derivat; ebenfalls unangenehm.

Wie auch immer: Es wurde Zeit, fand ich, Selma eine kleine Aufmerksamkeit zukommen zu lassen, also Bengaluru einzuschalten, damit sich die indische Assistentin Gedanken machte. Nicht dass ich mir nicht selbst hätte Gedanken machen können, wie diese kleine Aufmerksamkeit beschaffen sein müsste, von der eingefassten Perle bis zu dem Himmelbettchen, in dem Mütter gern ihre Kleinen sehen – aber meine Inderin, von der ich nur den Namen wusste, diese Unbekannte, die alles Schwierige zu regeln imstande war, und das von irgendeinem stickigen Loch aus, Tag und Nacht online, vor sich das Fenster zur Welt und über sich einen trägen Ventilator, genoss mein volles Vertrauen; ich traute ihr sozusagen mehr als mir selbst.

Einmal hatte ich sie beispielsweise am frühen Abend angemailt und ihr aufgetragen, um genau zweiundzwanzig Uhr (unserer Zeit) ein Bouquet für die romantische Gattin eines Finanzvorstands ins Frankfurter Westend liefern zu lassen, und sie machte auf der Stelle den idealen Floristen ausfindig und ließ dort den idealen Strauß zusammenstellen, versehen mit der idealen Strophe von Eichendorff (von dessen Existenz ich erst dabei erfahren hatte), überprüfte noch den Vollzug und sandte mir die Bestätigung, in dem Fall sogar mündlich, weil ich im Cabrio unterwegs war. Mit leicht singender Stimme, so als herrschte bei ihr ständig strahlender Morgen, teilte sie mir mit, dass alles in Ordnung sei, mit einer Stimme, die das optische Rätsel eher noch vergrößert hat. In dem Prospekt der Agentur gab es auch von ihren Kolleginnen keinerlei Fotos, ja man hatte sich nicht einmal die Mühe gemacht, Models zu nehmen, so als sollten die P. I. A.s gesichtslos bleiben oder als wären sie vorwiegend Entstellte, die ihr Leben in winzigen Hightechverliesen zubringen, um von dort jederzeit Wünsche von New York über Frankfurt bis Tokio zu erfüllen. Blieb also nur ihr Name, *Zaibunissa*, den ich am Ende einer gedankenreichen Waldhausnacht sogar vor mich hin sprach, was in mir eine beklemmende Vorstellung auslöste: die einer jungen indischen Witwe, die in dem Internetverlies ihrer Verbrennung entgehen will.

Gleich nach dem Frühstück mailte ich ihr den Auftrag, und zwischen Visite und Physiotherapie, also bei ihr nach Anbruch der Dunkelheit, sandte ich noch etwas hinterher, die Bitte um einen Plan von Bengaluru an die Adresse des Waldhauses, mit einem Kreuz, wo ihr Verlies lag – ich schrieb natürlich *office* –, und nur Minuten später, wie schon nach der ersten Mail, kam die Bestätigung, diesmal mit einem *Have a nice day, Sir.* Viereinhalb Jahre kannten wir uns jetzt auf diese Weise, und noch nie war ein persönlicheres Wort gefallen, und wenn ich zwei Wünsche frei hätte, käme nach der Wiederherstellung meines Porsches der nach einem Abend mit Zaibunissa, an irgendeinem netten Platz von Bengaluru, den es dort sicher auch gab, notfalls am Airport. Dann wären wir verbunden, der Kunde mit seiner Dienstleisterin, und nicht nur vernetzt – auch eins meiner Versäumnisse in den letzten Jahren, der Versäumnisse aller Schweineabteilungen dieser Welt: die Vernetzung mit Verbundensein zu verwechseln.

23

Marlies, die Frau mit Begeisterung für das Verbundensein in der Ehe, meine Krankengymnastin, die mir gleichsam Beine machen wollte mit ihren Massagen, sagte dem Dauerpatienten Deserno – obwohl es an dem Tag immer noch regnete – gleich am Anfang der Behandlung auf den Kopf zu, dass er nicht nur aus dem Rollstuhl kommen und durch den Park gehen müsste, sondern überhaupt wieder kommen sollte, womit sie wohl möbeln meinte, sonst hätte sie mir kaum zugezwinkert. Ich sollte das bald wieder tun, sonst würde sich die Prostata rächen: mit einem Krebsle, wie sie mich wissen ließ. Und dabei walkte sie mir die Beine, in den Brüsten ein Wogen, das meine trüben Aussichten keinesfalls aufhellen konnte, im Gegenteil: ich ließ mich dadurch zu einer ganz und gar defätistischen Äußerung hinreißen, die meine Souveränität in Sachen Sex beweisen sollte. Jede Vagina sei immer auch eine Sackgasse, sagte ich, und Marlies unterbrach ihr Walken für einen Moment, um es dann fortzusetzen, als hätte sie bei Cordua das Foltern gelernt. Und zuletzt noch der Gang zum Fenster wie immer, nach dieser Äußerung aber weiter auf den Balkon, unter meinen Achseln zwei

Pranken; und kaum war mit deren Hilfe die Brüstung erreicht, tauchte unten im Regen Helene auf, winkend. Sie hatte aus dem Bett gefunden, und meine Ratgeberin in Sachen Liebe zog hörbar Luft in die Nase und sagte etwas wie *Tussi*, dann schleppte sie mich ins Zimmer zurück und kam schon wieder auf ihre Familie: die in allen Lebenslagen Halt gebe. Und etwas Bestimmtes sagte mir, dass diese ganzen Geschichten so faul waren wie die Lehman- und Island-Papiere in den Bauchläden unserer Sparkassen.

Sie hatte nämlich den gleichen leuchtenden Ausdruck, mit dem Tobi bestritt, je etwas mit Selma gehabt zu haben, und womöglich auch meinen, wenn ich durch Autohäuser zog, bereit zum Seitensprung. Allerdings war ich meiner Marke, um das hier einmal zu erwähnen, nur ein einziges Mal untreu geworden: Im fünften fetten Bonusjahr hatte mich ein Jaguar Super V8 Longversion schwachgemacht, ein Irrsinn von wenigen Monaten, der mich zum Chauffeur des eigenen Wagens machte. Nach einem Regen etwa wurde er mit weichen Handtüchern frottiert und dann eingefettet, wo mir der Glanz zu gering erschien, also auf allen Chromteilen, und immer wieder stand er vollgetankt für Fahrten bereit, die ich aus Zeitmangel gar nicht antreten konnte, eine Art Salon auf Rädern mit vierhundert PS und orgiastischem Pfeifton, wenn der Kompressor die Arbeit aufnahm. Meist fuhr ich allein, und nur einmal kam es im weitläufigen Fond zu einer Nummer, ganz von der Sorge bestimmt, meine oder die Säfte der Beifahrerin könnten das empfindliche Leder versauen. Und eines Abends holte ich schließlich Ursel damit ab – statt mit der sonst gemieteten C-Klasse – und gestand ihr auf einer Fahrt durchs Bankenviertel, dass ich keine Baumschulen in der Dritten Welt finanzierte, sondern nur ein unproduktives System am Leben erhielt. Aber dann wähl wenigstens SPD, sagte sie beim Abschied, ihr einziger Kommentar; man kann es nur Größe nennen. Und nach dieser Fahrt wurde mein britisch-indischer Seitensprung mit Verlust wieder abgestoßen, ich kehrte zurück in den Porscheschoß.

24

Aber Ursels Größe im Hinblick auf mich war nur eine Seite, mit der sie es hinnahm, dass sich ihr Sohn im feindlichen Lager befand, zweihundert Meter über dem Platz, wo sie mit Plakaten für die Abschaffung jeglichen Geldes plädiert hatte. Sie spürte nämlich, dass meine Kindheit – ohne Vater, ohne Machtwort, ohne Bankenaufsicht, könnte man sagen – nicht unschuldig war an dieser Entwicklung. Also war sie lieber still, anderenfalls hätte ich sie an den grünen Porzellanesel erinnert, in dem sich eine WG-Kasse befand. Alle vier Frauen wollten zwar das Geld abschaffen, ob D-Mark, Dollar oder Yen, aber es gab diese mindestens graue Kasse und damit die Leidenschaft, sich jeden Freitag bis zum Morgengrauen einem Spiel mit dem Alleinstellungsmerkmal *(unique selling point)* der Niedertracht hinzugeben, dem Doppelkopf. Und einen kindlichen Zuschauer wäscht Doppelkopf schon mit allen

Wassern, wenn etwa die Konkurrenz im Unklaren gelassen wird, ob man mit oder ohne Dame agiert und auf wessen Seite man überhaupt steht. Kein anderes Spiel lehrt so nachhaltig, erst mit der letzten Karte aufzudecken, ob man den Partner reingelegt hat oder teilhaben lässt am Gewinn; und der Clou hieß Stille Hochzeit mit zwei Damen, das heimliche Solo, nur musste man dabei auch sämtliche Stiche machen: sehr riskant, aber hochprofitabel. Ich war jahrelang Kiebitz in diesen Nächten von Freitag auf Samstag in der WG-Küche, in Schwaden von Rauch und Bierdunst, und sah zu meinem Erstaunen, jedenfalls anfänglich, wie die vier, für mehr Pep in dem Ganzen, um Geld spielten. Es waren Einsätze bis zu fünf Mark, sodass für die Siegerin gut und gern vierzig Mäuse drin waren, die dann jedoch, wiederum zu meinem Erstaunen, sozialisiert wurden und in der Porzellankasse landeten: um eines Tages, wie es immer hieß, gemeinsam auf den Kopf gehauen zu werden; und so wuchs dieses Depot von Jahr zu Jahr, während ich von Jahr zu Jahr intelligenter wurde. Allerdings fand ich schon im Alter von fünf eine Möglichkeit, den Dukatenesel zu öffnen, ohne ihn zu zerschlagen – das Türchen im Bauch ließ sich mit einer gebogenen Büroklammer knacken –, und machte so erste Anleihen, aber nicht um Lakritze oder Lego zu kaufen. Ich hatte Größeres im Sinn.

Angeregt durch die Tatsache, dass es in meinem Kinderladen Rote Glocke etliche gab, die für Lakritze, Lego oder gar das erste Game auf dem Markt, das piepsige Hin und Her eines elektronischen Balls, zu allem bereit waren, verlieh ich jeweils am Montag Fünfmarkstücke, die am Freitag plus einem Fünfzigpfennigstück (das mit der Jungfrau) zurückgezahlt werden mussten, anderenfalls hätten sie ihr Pfand für das Geld, wie etwa ein Album mit den Spielern der Frankfurter Eintracht (damals top) einschließlich Autogramm von Grabowski nie wiedergesehen. Und so gelang es, nach Abzug meiner Boni, die Doppelkopfkasse über die Jahre unbemerkt aufzustocken, bis der Esel aus allen Porzellannähten platzte, was mich förmlich dazu zwang, ein weiteres Depot anzulegen. Und da ich zu dem Zeitpunkt erst vierzehn war, schieden Banken und Sparkassen aus, und meine Wahl fiel auf die Klassenkasse, die ich damals in Obhut hatte, um von da an die dortigen Einlagen gleich mit zu nutzen und mein Geschäft auszuweiten. Ich bot älteren Mitschülern, die gerade den Führerschein hatten und nichts sehnlicher wollten als ein Auto, die ersten Subprime-Kredite an, mit der Auflage, die gekauften Schrottmühlen vermieten zu können, solange die Tilgung andauerte, und nach drei Jahren reichten meine Profite für einen gebrauchten Targa, den ich ohne Führerschein schon bei der Jungfernfahrt in das Heck eines neuen Kadetts rammte, und hier schließt sich der Kreis.

Ursel wurde zur Kasse gebeten, aber die einzige Kasse, die es gab, war die Doppelkopfkasse, und dort fand sich, dank meiner jahrelangen Aktivät, genug Geld, um a) das Heck des Kadetts zu bezahlen und b) mit allen Frauen im Sommer zwei Wochen auf die Insel Santorini zu fahren. Und unter griechischer Sonne eröffnete ich Ursel meine Studienabsichten, Ökonomie und Philosophie, Letzteres, um in die Gelddinge, wie ich sagte, eine gewisse Ethik zu bringen – was durch das Toxische des Geldes gar nicht geht, wie ich heute weiß. Alle fanden mein Vorhaben löblich, auch die Leute, die mir Jahre später, nach meinem Abschluss in Cambridge, den ersten Job gaben: im Public Relation Department der Warenterminbörse von Chicago, deren Ansehen ich heben sollte – ein Selma-Job, bei dem mein wahres Talent nicht lange verborgen blieb. Und nach Stationen in London und Singapur kam schließlich der Ruf in unser heimisches Geldmekka am Main, und ich trug alle intimen Kenntnisse, die bis in die Doppelkopfjahre zurückreichten, in die Schweineabteilung, neben dem Schirm von Anfang an ein Porzellanesel, der Gunther hieß wie mein in der Lehrergewerkschaft versackter Vater. Es war ein rotes Exemplar mit steil erhobenen Schwanz, und nach jedem verpatzten Deal hatte ich ihn mit einem Hunderter gefüttert, wie ein Vater des verlorenen Vaters, und als er voll war, musste er dran glauben: für ein Fest der Verluste, gefeiert mit Tobi und Ursel und dem Rest der alten WG, ein Fest, bei dem meine liebe Mutter alle unter den Tisch trank – vielleicht auch eine Form von Größe.

25

Der Regen wollte auch am Nachmittag nicht aufhören, es war einer dieser Tage, die ich früher zwischen Meetings oder Videokonferenzen halberregt vor dem Bildschirm verbrachte, in Gedanken schon zwischen den Beinen einer der Assistentinnen, die ich für einen Trip nach Dubai oder London gewählt hatte, also ein Tag voller Wehmut, was die lustigen Seiten des Lebens betraf. Und auf dem Höhepunkt des Regens hat die Schmauch mit ihrer Seidenslipstimme auch noch unser Einzelgespräch definitiv für beendet erklärt, zugunsten der Gruppe, obwohl schon eine Sitzung ausgefallen war, weil drei Teilnehmer gefehlt hatten. Sie werden ganz neue Erfahrungen machen, sagte sie, und ich nickte nur, während sie ihre Beine übereinanderschlug, einladend, könnte man sagen; und das Rauschen des Regens, verbunden mit einem gedämpftem Licht, war wie eine weitere Einladung. Eine Zeitlang fiel kein Wort, ich sah auf den kleinen Wulst ihrer Wade, hervorgeschoben durch das untere Knie, bis ich mir eine Wahrheit zu formulieren erlaubte: Ich müsse gar keine neuen Erfahrungen machen, meine alten genügten.

Und die wären?, fragte die Schmauch mit einem Blick, der mir Mut machte, den Mut der Verzweiflung, der einen zu ungeschütztem Verkehr mit sich selber verleitet. Ich will aus dem Rollstuhl, verstehen Sie, ich will Ihren Rock heben und meinen Porsche ausfahren und Ihre Kinostimme hören – das wäre der Beginn einer Stunde, an die wir noch in unserem letzten Stündchen zurückdenken werden, weil sie uns das Sterben erleichtert, in der Gewissheit, alles erlebt zu haben, was man erleben kann. Sie aber enttäuschen einen von vornherein!

Dann haben Sie schon viel gelernt, Herr Deserno, erwiderte die Schmauch und erhob sich aus einem der Sessel in meiner Suite. Sie glättete den Rock, den ich gern hochgestreift hätte, holte kurz Luft und nannte, während sie zur Tür ging, den nächsten Gruppentermin; und als sie schon fast aus dem Raum war, fragte sie doch tatsächlich, ob ich das mit dem Porsche bildlich gemeint hätte. Ich hatte nämlich mal einen echten, rief sie, aber gebraucht, den Neunhundertelfer, dunkelblau mit weinroten Sitzen!

Und schon war sie weg. Es gibt Frauen, aus denen Männer nicht klug werden, sie werden nur vorsichtiger, und die Schmauch schien mir auch so eine zu sein, die ihre Klugheit letztlich für sich behält und höchstens im Bett davon etwas abgibt, wenn sie einen zwingt, über die Liebe zu sprechen, übrigens auch Selmas Spezialität, sie konnte halbe Bücher über die Liebe zitieren, vorher und nachher. Ich hätte der Schmauch gern noch etwas geantwortet, dass ich sie ja mal mitnehmen könnte in meinem Turbo Cabrio, doch da klingelte das Telefon und riss mich aus allen Gedanken über Frauen, Männer und Autos.

Ursels Nummer stand auf dem Display, 0699482236, und schon bei ihrem ersten Wort, meinem blanken Namen, den sie fast nie in den Mund nahm, *Daniel*, wusste ich, dass etwas passiert war, auf das einen kein Krisenmanagement vorbereitet. Ja?, sagte ich, und sie erzählte mit geschüttelter Stimme, dass sich Günter, also ihr Gefährte der letzten Zeit, das Leben genommen habe. Er ist im Hessischen Rundfunk, wo er einen Sprechbeitrag über die Romane der neuen Alpha-Autorinnen aufgenommen hat, unmittelbar danach aus dem Fenster gesprungen, rief sie, als könnte man ihn damit wieder zum Leben erwecken, und ich sagte *Mein Gott!* – wie man es aus amerikanischen Filmen kennt. Was hätte ich auch sonst sagen sollen bei einem, der nie einen Porsche besessen hatte und dabei noch nicht einmal wusste, was es bedeuten sollte, dass er immer so traurig war, um Günters Lieblingsdichter anzuführen.

Und was sind Alpha-Autorinnen?, fragte ich in mitfühlendem Ton, worauf Ursel nur heiser von Gänsen sprach und schlagartig sämtlichen Feminismus abwarf, was sie so fremd machte, dass ich den Ausbruch unterbrach. Ich versicherte ihr, mich um jedes Problem, das so ein unnatürlicher Tod mit sich bringe – Günter wollte zu allem Überfluss auch noch verbrannt werden, *ohne Pfaffen und mit dem Lied No Milk Today* –, von hier aus zu kümmern, und erstaunlich rasch beruhigte sie sich, meine hinterbliebene, schnaufende Mutter, auch weil die Verbindung mit Günter ja eher eine geistige war, nahm ich an, ohne das innere Feuer wie zwischen Selma und mir. Und als dann Ursel, als hätten wir das Thema gewechselt, plötzlich auf die Partei kam, der sie sich vierzig Jahre lang genähert hatte, und damit auf die lokale Vorsitzende dieser Partei, wünschte ich ihr noch Kraft für den Rest des Tages und beendete das Gespräch, um sofort meine Inderin auf den Plan zu rufen. Sie sollte im Frankfurter Nordend, wo Günter seit jeher gelebt hatte (Neuhaußstraße, mit Blick auf die Fenster eines erfolgreichen Kollegen), eine Feuerbestattung mit anschließendem Leichenschmaus in seinem Stammlokal, der Stalburg, auf den Weg bringen – für Zaibunissa fast ein Heimspiel, auch morgens um zwei (ihrer Zeit).

26

Auch am folgenden Tag ließ der Regen nur langsam nach, und bei der angekündigten Gruppensitzung war der Himmel noch so verhangen, dass im Leseraum Licht brannte, das warme Licht einer häuslichen Sofaecke zur Teestunde, bei dem man sich wie von selbst näherkommt. Helene trug wieder ihr Büßerkleid, und diesmal saß sie neben mir, während auf meiner anderen Seite ein neues Mitglied der Gruppe Platz genommen hatte: der Patient mit der Wangenblessur und der dunklen Vergangenheit und der Frage, warum lieben mehr wehtue als töten.

Mit dieser Frage umriss er auch gleich sein Leiden, wie es für die Sitzung vorgesehen war, und als Nächster kam ich an die Reihe und brachte den Satz, den ich mir schon zurechtgelegt hatte, allerdings etwas verkürzt. Ist alles im Arsch, sagte ich, was bei der Lackente zu einem Missverständnis führte. Sie wollte wissen, wie ich orientiert sei, und die Schmauch fragte, warum sie das wissen wolle, und auf einmal fing sie an zu weinen, und der falsche Senator hielt ihr ein Stofftaschentuch mit seinen Initialen hin, als wollte er es auf diese Art loswerden, während die Volksschwuchtel gleich mitweinte und der traurige Fernsehspaßvogel (TFSV) irgendein Häutchen an seinem Daumen abnagte. Der erste Schwung war jedenfalls weg, und es brauchte mehr als die Hälfte der Stunde, bis alle mit ihrem Satz herausgerückt waren. Sie fühle sich wie ein Teil ihres Buches, sagte Helene nach längerem Schweigen, und der falsche Senator drückte sich mit dem Satz aus, dass er seinen Namen nicht mehr hören könne und sich nur noch wünschte, aus der Haut zu fahren, wohingegen die Lackente nichts sehnlicher wollte, als wieder sie selbst zu sein, mit sechs Millionen Menschen, die dabei zuschauten. Darauf TFSV: Ihm würden schon zwei genügen, plus tausend neue Witze. Ich leide am immer selben, rief er und biss das Häutchen ab. Blieb noch die Volksschwuchtel, der kleine fette Sänger, er zögerte am längsten. Es liebten ihn nicht mehr alle, stieß er endlich unter Tränen hervor. Und alles sei scheiße, wenn einen nicht alle liebten.

Es war das Stichwort für die Schmauch, und sie nutzte es, um mir die Offenheit ihr gegenüber heimzuzahlen. Dann hören wir mal Ihre Meinung, Daniel, sagte sie mit noch weicherer Stimme als sonst: Muss man denn nicht im Bankfach *ohne* jede Liebe durch das Publikum auskommen und findet trotzdem nicht alles scheiße?

Sie sah mich herausfordernd an, und natürlich hätte eine Erwähnung des isländischen Staatsbankrotts gereicht, um sie kleinzukriegen, aber das wollte ich gar nicht. Dazu gefiel mir die Art zu sehr, wie sie *scheiße* sagte: als würde sie von Seide oder einer Zabaione sprechen, und wieder überkam mich ein seltener Mut oder die Offenheit, die nur eine Romy-Schneider-Frau bei mir auslösen konnte. Auf jeden Fall erzählte ich von all den Mitteln, um eine Arbeit am Limit ohne Liebe überstehen zu können, von Kokain und Quaaludes, LSD und Psilocybinpilzen, in Honig eingelegt, von Seconal, Speed und Kodein bis hin zum guten alten Gras aus Ursels Anbau, wenn alles andere durchprobiert war. Von den wilden Zeiten in der Schweineabteilung erzählte ich, von

Blowjobs morgens um fünf, wenn die Putzkolonne schon da war, kleine Rumäninnen aus den Favelas von Bukarest, die ihre Kopftücher umbehielten, wenn sie gut zu mir waren, so wie ich die Krawatte, die ich seit dreißig Stunden nicht abgelegt hatte; von völliger Erschöpfung und dem Einnicken, noch ehe ich kam, und den flinken Händen meiner Rumäninnen, die mir aus vollen Staubsaugerbeuteln, Lappen und Wischmopps ein Lager bauten und mich mit Tee aus ihren Thermoskannen zu neuem Leben erweckten, bevor die ersten Kollegen eintrafen und irgendeine kühle Assistentin zum Frühmeeting blies. Es war die Zeit *vor* Selma, die an mir vorbeizog, und damit auch die Zeit vor dem Chaos, das jetzt auf alles übersprang und den Ölpreis in den Keller drückte, und es wäre auch die Zeit, die wiederkäme, sobald sich das Chaos gelegt hätte. Ein Anstandspäuschen, sagte ich, und schon geht es weiter, nur stiller als vorher und nicht so protzig. Sie werden C-Klasse fahren, die neuen getarnten Banker, und ihren Mamis erzählen, sie würden Baumschulen in Afrika finanzieren, wie ich es schon vor Jahren getan habe, verdammt! Ich brachte auch noch diese Story, und als ich fertig war, fertig im Rollstuhl saß, im Gesicht eine Mischung aus Schweiß und Talg, und nur noch vor mich hinhauchen konnte, dass ich am Arsch sei, kam zuerst eine Hand von der Seite, mir sanft die Schulter streichelnd, und dann ein Mund an mein Ohr. Was ich vom Lecken an der Stelle hielte, flüsterte Helene – schon mal gemacht?

Und in dem Zusammenhang ein paar verspätete Worte zu meinem Äußeren. Ich bin eins vierundachtzig groß und wiege neunundsiebzig Kilo, bei noch vollem und dunklem Haar; es ist nur etwas dünn, man muss es gut föhnen. Dafür reizt meine Unterlippe zum Küssen, und die Augen erscheinen bei Kerzenlicht weich; die Nase flößt Vertrauen ein, und der Porsche (im alten Zustand) galt als perfekt. Und was den Hintern betrifft, so konnte ich nie über einen Mangel an Zuneigung klagen, hatte es aber, aus Scham wohl, stets zu verhindern gewusst, dort liebkost zu werden. Im Anschluss an die Gruppensitzung, als es endlich aufhellte, sah ich mir allerdings, mit Hilfe meines Rasierspiegels und eines ersten Sonnenstrahls, der aufs Bett fiel, die fragliche Region genau an und kam zu dem Schluss, dass man sie nach der langen Sitzerei im Rollstuhl lieber versteckt hielt. Und ich wollte sie gerade durch eine leichte Massage besser durchbluten, als es klopfte.

Die Zeit geht, und Gott kommt, heißt es ja, aber Pfarrer Zitt war nur Gottes geringster Gesandter, und doch kam er stets auf dem Höhepunkt der totesten Stunde als Erlöser im abgewetzten schwarzen Anzug – eines seiner metaphysischen Talente. Dazu kam sein Vorrat an Witzen von der Sorte, die ein Fernsehspaßvogel nur bringen kann, wenn die Familie im Bett ist und keiner mehr zuschaut, und als er mich da so liegen sah, den Rasierspiegel in der Hand, war offenbar ein besonderer fällig. Nimmt die Oberschwester im Lazarett die junge Helferin beiseite, fing er mit seiner Ziegenstimme an, als käme nur eine Schnurre aus dem Klinikbetrieb, drückte dann aber einen vorweggenommen Lacher durch die blasse Nase und setzte sich für den Rest des Witzes an mein

Bett. Ja, haben Sie diese Tätowierung bei dem Einbeinigen gesehen, an seinem, Sie wissen schon, sagt die Oberschwester – Rumba-Lotte steht da, du meine Güte! Worauf die junge blonde Helferin den Kopf wegdreht und in sich hineingluckst, bis es der Oberschwester zu viel wird. Mädchen, ruft sie, was ist los, raus mit der Sprache! Und die Helferin wird rot und stottert fast: Dort steht nicht Rumba-Lotte, sondern Ruhm und Ehre für das Vaterland und die Baltische Flotte!

Prustend und mit nassen Augen feuerte Pfarrer Zitt diese Pointe auf mich ab, um schon im nächsten Moment – er kannte ja alle Krankenakten – den Fauxpas zu bemerken. Er schlug sich an den Kopf und murmelte, es sei nur ein Witz gewesen, ein Witz, Herr Deserno. Ob er sonst noch etwas für mich tun könnte.

Ja, sagte ich. Für meinen Porsche beten.

27

Menschen seien Gewohnheitstiere, heißt es, aber warum braucht es dann so wenig, um sich zu verlieben, also auf die beste aller schiefen Bahnen zu geraten, so schief, dass wir oft selbst auf der Strecke bleiben? Ich hatte mich in Helene verliebt, und mein gewohnter Rhythmus im Waldhaus war mindestens so aus den Fugen geraten wie die Finanzwelt. Nach Pfarrer Zitts Besuch hatte ich mich beispielsweise gleich für das Dinner zurechtgemacht, ohne fremde Hilfe, sah dann aber vor dem Essen noch ins Kaminfoyer, in der Hoffnung, sie dort zu treffen.

Doch ich traf nur den langen traurigen Spaßvogel an der Bar des ewig gebräunten Paolo, der mit einem Messerchen Eiswürfel klein stieß, und wollte schon wieder gehen – oder besser gesagt, mich wegrollen –, da sprach mich der Spaßvogel an. Er würde für die grauen Novemberwochen eine kleine Castingshow vorbereiten, jeweils am Samstag hier im Kaminfoyer, gesucht werde der Starpatient des Waldhauses: ob ich in die Jury wollte, dem Urteil eines Rollstuhlfahrers würde man sich sicherlich beugen. Und er war schon im Begriff, sich meinen Namen zu notieren, da wandte ich ein, dass so eine Show in Krisenzeiten vielleicht nicht angebracht sei. Stattdessen sollte man lieber sein Portfolio überdenken oder das ganze System, sagte ich, und kaum war das Wort *Portfolio* gefallen, kamen alle, die es betraf, nach und nach an die Bar, und ich war zum zweiten Mal Mittelpunkt, ohne Casting und Jury. Man wollte wissen, welche Ausbildung Männer wie ich eigentlich hätten, man wollte Erklärungen für die Verluste, und ich nannte eine der Urformeln, die wir gelernt hatten, um Ökonomie und Finanzwelt gleichermaßen zu erfassen. Y, rief ich in die Runde, steht für das gesamte Volkseinkommen, und Y ist gleich C, also der gesamte Konsum plus alle Investitionen, abgekürzt I, puls G wie Government, die Staatsausgaben. Und das Ganze muss ausbalanciert sein, wenigstens auf dem Papier, so fängt es an, und später lernt man, ein Finanzprodukt zu erschaffen und loszuwerden, dazu diente die Philosophie: Was ist eine Idee? Wie kommt man zur besten Erklärung? Was ist der Mensch? Was ist das Geld?

Das Geld ist futsch!, rief einer der Exvorstände, und da tauchte zum Glück Helene auf. Ich winkte ihr zu, und sie winkte zurück, was ein anerkennendes Murmeln zur Folge hatte, eine Gedankenpause, lange genug, um dem Kreis an der Bar zu entschlüpfen. Zwei, drei rasche Schritte, und schon hielt ich ihre Hand in der meinen, eine Formulierung, die ich noch vor kurzem belächelt hätte. Eine Weile standen wir nur beieinander, verlegen wie ein erzwungenes Brautpaar, während meine geldinteressierten Zuhörer schon in den Speisesaal gingen. Dann strich sie ihr Haar hinter die Ohren, mit beiden Daumen – eine Bewegung, die mich noch sprachloser machte, zumal sie die Augen dabei schloss –, ehe sie vorschlug, das Essen doch einfach ausfallen zu lassen, um lieber spazieren zu gehen.

Und so wurde aus dem Vortrag über die Studien eines Investmentbankers das Studium einer Frau, die sich nicht scheute, meinen Rollstuhl zu schieben und dabei über Dinge zu reden, die ein Behinderter wie ich schon für sich gestrichen hat. Den Kopf immer nach unten geneigt, manchmal bis zu meiner Schulter, sprach sie leise von dem, was zwischen uns möglich wäre, nicht heute und nicht morgen, aber demnächst, während wir als Gespann, Schiebende und Geschobener, die Wege des Parks abfuhren, bis die Spazierfahrt – die für mich alles andere als ein Spaziergang war, eher eine Tortur, wenn auch nett gemeint – vor meiner Tür endete. Schlaf jetzt, sagte Helene und strich mir über die Wange, wie Ursel, wenn sie nachts, in einem Anfall von schlechtem Gewissen, an mein Bett gekommen war. Und kaum allein in der Suite und noch dazu mit leerem Magen, fragte ich mich, was das Verliebtsein in eine junge schwermütige Schönheit wohl bringen könnte.

Es gab keine Antwort auf diese Frage oder nur die des Schreibens, also nahm ich mein Gerät und tat das Gegenteil von Schlafen. Ich befasste mich mit Helene und befasste mich mit dem Mann, den sie wohl irgendwie mochte, aber auch irgendwie zappeln ließ. Denn nur Figuren, die man kennt und mag, ergeben eine gute Geschichte; die beste Story dagegen bringt keine guten Figuren hervor, solche aus Fleisch und Blut, essend, scheißend, liebend: Regeln Nummer fünf und sechs, würde ich sagen.

28

Und im Übrigen hatte ich mich schon in flaumige Nacken und blonde Kniekehlen verliebt, in das Pralle eines Ohrläppchens oder die Blässe von Schenkeln, wenn nur vom Bad etwas Licht aufs Bett fiel; in Lippen, leicht geöffnet, mit einer Haut wie bei trockenen Trauben, und in das Zittern eines Hinterns, wenn die Dinge ihren Lauf nahmen; ja in das Vollkommene eines Deltas aus Härchen oder das einzige Haar in einem Pospalt, von Augen und Gerüchen gar nicht zu reden. Unendlich viele Teile hatten mich schon in Beschlag genommen, aber hinausgelaufen war all das bisher nur auf einen kompletten Menschen, nämlich Selma, und nun schien ein zweiter hinzugekommen zu sein. Ich lag im Bett, seit Stunden wach, und dachte an Helene. An ihre Hände und die feine Bucht der Schläfen dachte ich, an den eher kleinen, aber alles verlangenden Mund und damit ans Küssen, das wir ja auch schon beredet hatten, bis mein unterbeschäftigter BlackBerry plötzlich summte.

Er summte wie eine Hummel, ein beruhigender Ton, und es war auch eine beruhigende Nachricht. Meine Inderin hatte schon alles organisiert, Günters Feuerbestattung mit entsprechender Feier stand nichts mehr im Weg, sie hatte sich sogar nach einem angemessenen Frankfurter Gericht für den Leichenschmaus umgehört und Grüne Soße mit Salzkartoffeln und harten Eiern bestellt. Außerdem machte sie zwei Geschenkvorschläge für Selma, das eine war ein Standardwerk über frühkindliche Entwicklung mit Signatur des Autors René Spitz, das andere war eine Kaschmirdecke für die warme und weiche Lagerung des Säuglings außerhalb seines Bettchens. Ich entschied mich für beides, zumal die Decke ja auch ohne Kind von Nutzen wäre, und setzte Vor- und Zunamen unter die Nachricht, überflog sie noch einmal und löschte vor dem Absenden das Deserno. Damit war alles getan, ich musste mich um nichts mehr kümmern, Zaibunissa war perfekt – und wenn es mit Helene zu kompliziert würde, dachte ich, wäre sie auch in dem Punkt eine Stütze. Schon mehrfach hatte sie Trennungen von Bekanntschaften (vor Selma) eleganter gestaltet, als das von der Natur der Sache her eigentlich möglich ist, indem sie rührende kleine Geschenke zustellen ließ, Dinge, die meine Hilflosigkeit gegenüber der Situation dokumentierten und am Ende sogar zu mündlichen Entschuldigungen der Verlassenen führten.

Ja, meine P. I. A. war perfekt: mit diesem guten Gedanken hatte ich mich zur Wand gedreht, wie ich es seit der WG-Kindheit mache, um in den Schlaf zu finden, und ich musste schon geschlummert haben, nämlich in dem Zustand gewesen sein, bei dem die Bilder einem entgegenkommen wie im Kino, anstatt erdacht zu werden, als hinter mir die angelehnte Balkontür knarrte. Ich fuhr herum, wie für die Dauer eines Herzschlags geheilt, und sah Helene, offenbar über den Balkon geklettert, im Trainingsanzug. Ich bin's nur, sagte sie und kam auf mich zu; sie ließ sich auf der Bettkante nieder und roch nach Lakritze und Schweiß: Lakritze als Ersatz für Zigaretten, wie sie mir gleich verriet, und Schweiß vom Klettern. Für sie schien es völlig normal zu sein, spät nachts in ein fremdes Zimmer zu steigen, mir dagegen pochte der Schädel. Und jetzt?, fragte ich in das Halbdunkel, nur mit etwas Licht von einem Notlämpchen über dem Bett. Jetzt reden wir übers Lecken, flüsterte sie, oder hatten wir was anderes vor?

Wir könnten auch über die Anlage deiner Tantiemen reden – Festgeld ist vielleicht doch etwas konservativ. Man sollte in diesen Tagen VW-Aktien kaufen.

Warum gerade die?

Wegen Porsche.

Versteh ich nicht, sagte Helene, und ich versuchte es ihr zu erklären, nur schien sie mir gar nicht zuzuhören; sie holte ein Lakritzetütchen aus ihrer Hose, zog es ein Stück in die Länge und schob mir den Anfang in den

Mund. Ich kann auch wieder abhauen, sagte sie. Oder wir reden doch über das, was am meisten Spaß macht.

Das Wiederabhauen war natürlich die schlechteste aller Möglichkeiten, und so machte ich den Anfang mit ein paar allgemeinen Bemerkungen über jenen Teil des Körpers, dem sie ein ganzes Buch gewidmet hatte. Und irgendwie kam ich damit über die erste Runde, während Helene die Lakritzeschlange immer weiter aufzog und meine Betrachtungen schließlich mit einem Detail unterbrach, inspiriert von der Lakritze: Man könnte sich auch etwas davon hinten hineinschieben, um es dann wieder hervorzuziehen und gemeinsam zu essen. Schon mal gemacht?

Nein, sagte ich wahrheitsgemäß, und keinen Atemzug später klingelte der BlackBerry nach der Melodie des Papageno: Erkennungston meiner lieben verfluchten Selma, die jetzt wohl direkten Kontakt mit mir suchte, zu einer Stunde, in der ich früher noch vor dem Schirm saß, was mir zeigen sollte, dass sie mich immer noch für den Alten hielt, als gäbe es keine Weltkrise und als hätte es auch nie die Attacke unter dem Christbaum gegeben und ich läge nur wegen Überarbeitung hier. Sicher deine Freundin, bemerkte Helene und stand auch schon auf. Ist sie hübsch? Und von mir nur ein mattes Nicken, während sie verschwand oder abhaute, so wie angedroht, und Mozarts Vogelhändler immer noch seine bestrickende Melodie pfiff.

29

Selma, sagte sie als Erstes, mit ihrer immer etwas angegriffenen, leicht überheblich klingenden Stimme, wie geht es dir, geht es schon besser? Weißt du überhaupt, wo du bist? Du bist an dem Ort, an dem Tschechow seinen letzten Atemzug getan hat, Tschechow, der große Dramatiker und Erzähler mit seiner TB, ist das nicht wunderbar, Danny!

Sie holte Luft oder gab mir Gelegenheit nachzudenken, und ich erwiderte, der Typ sei mir völlig egal, schon weil ich das Haus nicht verlassen könne in meinem Rollstuhl, um dem Kurort einen Besuch abzustatten, worauf Selma mit gespieltem Schreck fragte, ob ich etwa dauerhaft behindert sei, ein Wort, das sie so aussprach, als wäre damit schon ein Teil der Heilung in Gang gesetzt. Wenn man Schwanzkoliken und eine Gehstörung dazurechnet, ja, rief ich, was eine Pause zur Folge hatte. Ich bildete mir ein, leises Geflüster zu hören, es klang, als sei einer ihrer Anwälte zugegen und die Mandantin holte sich Rat für den Umgang mit dem behinderten Ex, obwohl sie eigentlich Übung hatte in sozialfürsorglicher Hinsicht. Selma, die ja auch ihre Schriftstellerschäfchen als Sonderfälle von Behinderten ansah, förderungswürdig seitens der Stiftung je nach Schweregrad des Handicaps – ich gehörte übrigens vor der Attacke noch nicht zu den Golfern, hatte aber schon die Aufnahmegebühr für den sündhaft teuren Kronberger Club angewiesen und wollte mir die Platzreife in Tunesien besorgen –, die gute Selma aus gutem Haus mit besten Manieren, bis auf die eine Entgleisung an Heiligabend, die also fast hundertprozentig vernünftige Selma, die jetzt meinen Namen ins Telefon hauchte, hatte auch mich, wenn ich Hunderte von Millionen um den Globus schickte, zum Kauf von Dingen, die nur in der Phantasie existierten, als geistig behindert betrachtet. Ob sie allein sei, fragte ich. Ja, natürlich, sagte sie. Und du?

Wer sollte schon bei mir sein? Ich lachte, obwohl es gar nichts zu lachen gab; oder ist es etwa zum Lachen, so eine Frage zu hören, wenn man sich verliebt fühlt? Selma räusperte sich, was sie immer tat, wenn sie Zweifel hatte, dann erzählte sie von ihrem Abend, als wäre alles wie früher. Sie kam gerade von dem turnusmäßigen Essen mit ihrem Ständervorstand, der inzwischen mehr Ablenkung vom Bankenschlamassel als von seiner Ehe suchte – wir sind jetzt auch schon in Gefahr, sagte sie zwischendurch, wir und sogar die UBS, stell dir vor! Damit wollte sie mich treffen, keine Frage, weil ja die ganze Financing-Sippschaft Schweizer Depots hatte, und ich lachte wieder, obwohl es in dem Fall noch weniger Grund gab, und Selma erzählte weiter. Der Vorstand in Sachen Erotika hatte sich diesmal eine Buchstelle nach der anderen von ihr erläutern lassen, bis er beim Dessert endlich die Augen verdrehte, und irgendwie tat sie mir leid, wenn ich nur daran dachte, wie dieser Mensch das Wort *Portfolio* aussprach, jeden Buchstaben abschmeckend. Du Arme, sagte ich, und da hauchte sie zum zweiten Mal meinen Namen und erwähnte eine Geschichte aus unserer besten Zeit: Der Flug nach Qatar, erinnerst du dich? Und wieder eine Pause, vielleicht auf

Zeichen des Anwalts, damit sich bei mir auch ja die Erinnerung einstellte und vor die Korkenziehersache schob, etwas, das gar nicht nötig war, weil ich nie aufgehört hatte, an diesen Flug zu denken. Wir hatten den bankeigenen Jet wieder einmal für uns, Selma wollte irgendeinen Prinzen, der angeblich Bücher las, für die Stiftung gewinnen, während ich unsere Schweinezweigstellen am Golf besuchte, um die Leute mit ein paar neuen Produkten aus meiner Investmentküche vertraut zu machen.

Fünf Stunden Flugzeit und die gesamte Sofalandschaft blieben Selma und mir, und schon über den Alpen hatte ich den Kopf zwischen ihren Beinen, um sie zu lecken wie ein Kätzchen ihr Junges, und über der Adria kam es ihr so gut, begünstigt durch Turbulenzen, dass die Nachwellen noch über der Ägäis zu spüren waren. Sie hatte Feuer gefangen, meine Selma, das sonst so gepflegte Haar stand ihr zu Berge, und sie sprach eine Bitte aus, die ich ihr kaum unter Drogen zugetraut hätte. Komm in mein Gesicht, sagte sie, als wir israelischen Luftraum erreicht hatten, und über Jordanien war es so weit, mit Hilfe ihrer Finger, ihrer Zunge, ihrer Blicke und jedes *Komm, Danny, komm*, das sie hauchte. Und ich kam. Hoch über der Wüste – es war schon dunkel und unten die Feuer von abgefackeltem Gas, was alles noch besser machte – schoss mein Innerstes heraus, und Selma hielt einfach nur still, ein stilles Annehmen meiner Auflösung, während ich ihr Gesicht hielt und später mit Reinigungsmilch aus ihrem Make-up-Koffer säuberte, das war schon über Kuwait, wie der Bildschirm in der

Kabine zeigte. Ja, ich erinnerte mich, und wie, nur war das *meine* Sache; ich verlor kein Wort darüber, ich fragte Selma nach dem Grund ihres Anrufs.

Ich wollte den Besuch bei dir besprechen.

Deinen Besuch?

Welchen sonst?

Vielleicht den meiner Mutter am selben Wochenende. Sie kommt, um die Lesung von deinem Autor zu hören. Oder die Einführung von diesem Kritiker. Sie steht auf solche Typen – grauer Bart, Bücher und Brille. Ihr letzter Gefährte war auch so einer, er hat sich gerade umgebracht, mit einem Sprung aus dem Fenster.

Oh, das tut mir leid, sagte Selma auf ihre manierliche Art, und da erzählte ich ihr von Helene, der Autorin mit dem Megaseller, im Waldhaus wegen Depressionen aufgrund ihres Erfolgs – der eben überwältigend sei. Sie hat mit dem Buch wenigstens etwas riskiert, rief ich. Und der Typ, der hier lesen soll, macht nur schöne Sätze.

Selma räusperte sich wieder, und ich hörte ein Rascheln, als würde der Anwalt neben ihr Papiere sortieren. Doch es war eine Zeitung, in der sie blätterte. Dieser Typ, erklärte sie, hat gerade den großen Kunstpreis der Stadt Münster erhalten und davor die Kleist-Nadel und davor sogar das Goldene Büchner-Band, also rede nicht so über ihn. Ich lese dir jetzt die Begründung der Jury von Münster vor.

Und da legte ich auf, der einzige Weg, ihrem Besserwissen, das nur im Bett etwas nachließ, ein Ende zu setzen. Außerdem wäre ich an Selmas Stimme erstickt, ihrem von Höherem durchströmten Ton beim Verlesen einer Begründung, die noch dazu jemandem galt, der neben allen Preisen und Ehren auch einen intakten Porsche besaß.

30

Ich war neidisch, ich gebe es zu, ein kleiner Neider, der sich in Träume flüchtet, zu Leuten, die noch kleiner sind als er selbst; in den Morgenstunden nach Selmas Anruf hatte ich von Günter, dem Selbstmörder, geträumt. Ich war er oder er war ich, mit kahlem Schädel und wässrigen Kalbsaugen, und nach dem Erwachen hatte ich zuerst Mitleid mit mir und dann Mitleid mit ihm, obwohl es ihn ja gar nicht mehr gab und seine Kritiken inzwischen von anderen verfasst wurden; es war, als hätte man ihn beiseitegeschafft, um Platz für etwas Wichtigeres zu machen, und erst damit kam mir zu Bewusstsein, dass auch der Mann, der mich gezeugt hatte, also mein Vater, eine Art Günter war und ich womöglich, bei noch längerem Aufenthalt im Waldhaus, auf dem Weg wäre, eine Art Günter zu werden. Schwer zu sagen im Übrigen, ob Ursel dieses Männchen, bloß weil durch seine Hand eine Telefonzelle brannte, jemals geliebt hat. Sicher ist nur, dass beide sich darin einig waren, mit meinem Namen dem bestauntesten Rebellen ihrer Tage eine Referenz zu erweisen, allerdings haben sie diese Rechnung, nomen est omen, ohne die Zeit gemacht und sich spätestens in ihr rosa Fleisch geschnitten, als ich schon in der Schule englische Ökonomen zu lesen begann: ein Nichtraucher, Milchtrinker und Porschefan mit gefakter Rolex. Ich wollte nach oben und kam nach oben. Und natürlich konnte da der Wunsch nach einem Kind nicht in solcher Ruhe gedeihen, dass man die Botschaft, dieses neue Leben sei bereits entstanden, als Geschenk des Himmels betrachtet und nicht als Trick einer Frau, die gern in Weiß vor den Traualtar treten würde.

Bis zu jener Präsentation an Heiligabend (Windelpaket und Ultraschallbildchen) hatten Selma und ich eine Beziehung, die man so definieren kann: Einander einschenken, ja, aber aus demselben Glas trinken, eher nein. Und auf einmal sollten wir ein Kind haben, wo doch in meinem Cabrio kaum eine Handtasche auf den Rücksitz passt. Dazu kam Selmas Drang, andere zu prägen, ich aber finde, man sollte einem Kind seine Liebe geben und keinesfalls seine Welt. Eltern sind nur der Bogen, den ihre Kinder als lebendige Pfeile verlassen – was freilich auch eine Ausrede sein kann; in Wahrheit wollte ich wohl weiter herumlieben und nachts kein Geschrei hören. Und so sagte ich, als mir Selma die Pampers mit dem Foto zeigte – oder richtiger: auf den Bauch band, zumal in ihrem Bauch alles wie immer war, aber welcher Mann sieht das schon – und mir dazu ebenfalls fröhliche Weihnachten wünschte, einfach nein. Das heißt, genaugenommen sagte ich nee – *Nee, Selma, nee* – und wollte das mit einer Hand auf ihrem Arm gleich ein wenig abschwächen, nur waren ja beide Hände, was ich vor dem Nee nicht bedacht hatte, mit den Handschellen, die so ein lustiges Geschenk waren bis zu diesem Moment, hinter meinem Rücken an das Heizrohr gekettet.

Ach, wirklich?, erwiderte Selma, immer noch mit hochgerutschtem Kleid auf meinen Beinen, links ein Schenkel, rechts ein Schenkel, und dabei griff sie mir an die Hose, durchaus sanft, als wollte sie das Ganze mit einer Nummer unter dem Baum beilegen; sie holte ihn heraus und musste gar nicht viel tun, damit er sich dem Engel an der Spitze des Baumes entgegenreckte. Auf einmal aber rief sie, ja ich meine sogar schrie sie, während in der Wohnung unter uns *O du fröhliche* angestimmt wurde: Weißt du, warum man *den* – und da hielt sie ihn schon in der Faust – bei einer Frau unten reinsteckt? Um ein Kind zu machen, das ist der Sinn der Sache! Und *ich* teile dir mit, dass sich dieser Sinn erfüllt haben könnte, und du *Egohund* sagst einfach nee!

Wieso *könnte*, fragte ich leise, und in dem Moment fing sie an zu weinen und griff gleichzeitig hinter sich, in Richtung Baum. Sie suchte eine der bunten Kugeln und riss sie vom Zweig – unfassbar, wenn man ihre behütete Herkunft kennt – und schlug sie mir an die Stirn, mit einem Splitterregen bis zur Krippe, als wäre der Stern von Bethlehem explodiert. *Nee, Selma, nee!*, rief sie, und ich versuchte, meine Hände zu befreien, nur waren die Handschellen im Waffenladen gekauft und nicht in der Spielzeugabteilung. Pech gehabt, sagte Selma jetzt mit rauer Stimme, worauf ich sie bat, die Handschellen zu öffnen, aber sie schüttelte nur den Kopf und begann, meinen Porsche zu streicheln, auf eine Art, die mir Angst machte. Sie stellte ihn nämlich auf die Probe: ob er unter den gegebenen Umständen auf ihr Gestreichel reagieren würde oder ob er sensibel genug wäre für die schlechte

Stimmung – was er leider nicht war. Er wuchs, als ginge die ganze Situation an ihm vorbei, und stellte mich gewissermaßen bloß mit dieser Automatik, und Selma griff wieder hinter sich. Nur suchte sie jetzt keine Kugel mehr, sie suchte etwas anderes. Ich bin nicht schwanger, stieß sie unter Tränen hervor, das Bild ist von meiner Schwester. Aber ich hätte es sein können, und für *Nee, Selma, nee* macht das keinen Unterschied!

Sie sah auf mich herunter und zitterte, wie Leute nach einem Unfall zittern, während es mich nun auch leicht beunruhigte, so gar nichts gezeugt zu haben; ich war besorgt, was meine Möglichkeiten betraf, und hoffte, der Mangel oder das Minus lägen auf ihrer Seite. Vielleicht solltest du dich mal untersuchen lassen, sagte ich, und dem folgten Minuten, in denen auch ein Investmentbanker den eigenen Kursverfall sieht, oder die Stunde, in der man es nötig hätte, dass einem jemand verzeiht.

31

Der Regen war endlich vorbei, nach zwei Wochen mit tiefhängenden Wolken riss der Himmel auf, und an einem dieser ersten Altweibersommertage im Herbst des Bankendesasters wurde ich zu meiner eigenen leichten Überraschung achtunddreißig. Professor Corduas rechte Hand und Geliebte, die Campus-Schampus, brachte mir im Namen der Waldhausleitung Blumen auf die Suite, und später rief Ursel an und sagte, bis zum Vierzigsten sei bei mir alles wieder in Ordnung *da unten*, und sie hätte mich auch besucht, nur würde man sich ja ohnehin in ein paar Tagen sehen, bei der Lesung. Von Selma kam dagegen nur eine SMS, *Alles Gute, Danny*, während Helene – vermutlich von Giuseppe, dem Kellner, informiert – an unserem Tisch eine Kerze entzündete; und zur rechten Zeit kam auch noch ein Glückwunsch aus Bengaluru, *Happy birthday, Sir.*

Vier weibliche Monde kreisten um mich, das war mein Gefühl in diesen milden Oktobertagen, in denen Dax und Dow Jones in den Keller stürzten und ganze Vermögen mit sich rissen, nur nicht meins: die Doppelkopfkasse hatte mich früh den Vorteil des Bargelds gelehrt. Und dennoch genoss man auf der Waldhausterrasse vor dem Kaminfoyer die letzte Sonne; die Herren lagen auf bettartigen Liegestühlen im Schatten, Zeitung lesend, mit steten Seufzern beim Wirtschaftsteil, die Damen hatten sich so gelegt, dass sie Farbe bekämen, alle ein Buch in der Hand: für jeden Schreibenden ein Bild der Hoffnung. Ich selbst hatte mein Gerät im Freien und machte Notizen, und Helene saß nicht weit von mir auf einer Bank, die dünnen Unterarme auf den Knien, den Oberkörper vorgebeugt, etwa so, wie man auf dem Klo sitzt, und das alles in einem weißen Baumwollkleid mit kleinen Scharlachpunkten.

Ganze Stunden konnte sie so dasitzen, in sich verschlossen, zwei steile Fältchen zwischen den Augen, während der Hämorrhoidenrenner immer noch über die Ladentische ging, aber am letzten der Altweibersommertage fragte sie plötzlich, ob ich ihre Möse sehen wollte, so als ginge es um eine Zahnbürste. Ja, warum nicht?, erwiderte ich, obwohl mir das Herz im Hals schlug, und Helene stand auf. Sie glättete ihr Kleid, das seitliche Taschen hatte, und schob mich über einen frischgemähten Rasen und knirschende Kieswege zu dem Tümpel zwischen hohem Schilf und von Efeu erstickten Bäumen. Bis auf das Summen von Mücken und ein gelegentliches Gluckern aus dem salbeigrünen Wasser war es dort still – still und warm. Helene ging um den Rollstuhl und zog ein Handy aus ihrem Kleid, machte es an und hielt mir den kleinen Bildschirm hin. Da, sagte sie, schau! Und ich schaute, während sie ihre Hand so hielt, dass ausreichend Schatten auf das Bild fiel. Erst heute früh aufgenommen, gefällt es dir?

Man konnte nicht viel erkennen, nur etwas Schwarzes inmitten von etwas Hellem, und auf einmal kam ihr Kopf neben meinen, unsere Wangen berührten sich, und ich spürte ein Ziehen und Zucken im Schoß, während sie mit dem Finger begann, das kleine Foto abzufahren wie ein Kind, das sich beim Lesen hilft. Das ist die Stelle, sagte sie, an der sich alles entscheidet, mein i-Punkt, und das hier – sie sah mich kurz an, ob ich auch bei der Sache wäre –, das hier ist die Pforte, und dahinter wird es dunkel. Und alles zusammen ist das Glück, wenn du nur fest daran glaubst. Du darfst nicht aufgeben, Daniel! Und mit diesem Appell steckte sie das Gerät wieder ein und trat hinter den Rollstuhl. Ich wollte dich nur an das Leben erinnern: mein nachträgliches Geburtstagsgeschenk, sagte sie, und bevor ich ihr noch danken konnte, schob sie mich schon zurück, diesmal vorbei an den

Rosenbeeten, gepflegt von dem muskulösen Gärtner, den man immer nur von weitem sah, ein Geist mit nacktem Oberkörper. Angeblich brachte er all seinen Lohn zur örtlichen Sparkasse und wohnte dafür im Geräteschuppen, jedenfalls strich der Volksschwuchtelsänger häufig dort herum, auch an diesem Nachmittag: in einem engen lachsroten Anzug, als müsste er jeden Moment vor die Kamera. Schau, sagte Helene, er hat Verlangen nach dem Gärtner, er lebt noch. Und du?

32

Und es ging mir dann nicht mehr aus dem Sinn, dieses Wort, das man kaum noch gebrauchte und das wie alle wenig gebrauchten oder vermiedenen Wörter etwas Anrüchiges hat. Wonach verlangte ich, wenn es nicht mehr das Geldmachen war? Immer wieder ging mir das durch den Kopf, bei jedem nächtlichen Wachliegen, sobald ich im Schein des Notlämpchens an mir heruntersah. Es gab keine Antwort, und ich lebte trotzdem, nur nicht so gut wie früher; denn man lebt einfach saumäßig gut, das muss ich hier sagen, wenn sich innerhalb von Sekunden ganze Zahlenkolonnen zum eigenen Vorteil verändern. Und man lebt auch gut, wenn man liebt, mit Haut und Haaren. Also lebte ich nicht, denn ich liebte ja niemanden in dieser Weise; ich war nur in Helene verliebt, sicher mitbedingt durch die romantischen Umstände, ich meine, durch den Park und die nahen Hänge des Schwarzwalds, nach den sonnigen Tagen wieder wolkenverhangen, während in den Waldhausräumen bereits am Vormittag das warme Abendlicht brannte. Ohne die Schrecken von außen – General Motors brach offenbar ein, und bei Opel begann das Zittern – wäre man in sich versunken, und auch die Gesprächsgruppe unter Leitung der Schmauch, zweimal pro Woche nachmittags, wenn es schon dunkelte, änderte daran nichts. Allein Helene gab den Tagen eine Ordnung, sie war mein Kalender.

Nach wie vor hielten wir uns nur an der Hand und rieben beim abendlichen Abschied vor meiner Tür kurz die Hälse aneinander wie zwei Schwäne, ohne das Wort *Verlangen* zu kennen. Aber in der letzten Oktoberwoche legte Helene bei der Gelegenheit – die Tür zur Suite war schon offen, und drinnen klingelte mein BlackBerry mit dem Selma-Ton – den Kopf in den Nacken und schob eine Hand in mein Haar. Du kannst mich küssen, sagte sie, und da fiel mir ein, dass der Besuch von Ursel und Selma bevorstand, daher auch das dringliche Klingeln, wie in den Zeiten, als mir Tobi nachts Infos zukommen ließ, Bürgerkrieg in Nigeria verschärft sich, neue Bohrinseln besetzt usw. Aber es war keine Nachricht von Tobi, es war eine von Selma, wie ich nach dem versäumten Kuss sah, eine ziemlich späte Reaktion auf meine zwei kleinen Aufmerksamkeiten, die Kaschmirdecke und das Buch über frühkindliche Entwicklung. *Danke für die Sachen, kann beides gebrauchen – alles Weitere, wenn wir uns sehen, Deine Selma.*

Zwei Worte, die mich umhauten, Deine Selma, und auf einmal stand sie wieder vor mir, diese Frau, die mich im Bett gern als Lakaien betrachtet hat, der seine Dienste an ihr versah, und wenn mich zwischendurch die Kraft verließ, nahm sie den erschöpften Porsche wie einen noch nackten Welpen und bettete ihn an ihre Brust, bis alles wieder im Lot war, zuletzt geschehen im feinsten kleinen Hotel Italiens, in der Villa Feltrinelli am Gardasee, mit nur fünfzehn Zimmern und dreißig echten Lakaien, die einem jeden Wunsch in jeder Sprache von den Lippen ablesen. Sie hielt dort immer Mittagsschlaf, nackt auf dem Rücken liegend, das eine Bein ein wenig abgewinkelt, und wenn ich mich über sie beugte, kam ihr leichtes Stirnrunzeln, als würde irgendein unbedeutender Gott oder Typ aus der Schweineabteilung um sie herumtollen und vergeblich das steife Glied nach ihr recken. Wenn sie aber endlich den Einlass gewährt hatte, zuckte sie allenfalls mit den Lidern unter dem willkommenen Schaden, den ich ihr zufügte; erst ganz spät ihr gedämpftes Stöhnen, anfangs wie eine Pflicht, die jedoch umschlug zur Kür. Angesteckt von den eigenen Lauten, vergaß sie sich plötzlich, warf den Kopf hin und her und stieß halbe Wörter oder gar Wortschöpfungen aus, wie die Besessene im Exorzisten, wenn sie über dem Bett schwebt, kurz bevor ihr das grüne Zeug aus dem Mund kommt, und von einem Herzschlag zum anderen putzte ich keine Muschi mehr, wie es in der Schweineabteilung hieß, sondern verlor mich in einer Seele.

Verlangen, um darauf zurückzukommen, ist alles andere als ein anrüchiges Wort. Es ist das einzige Wort, das die genannten Dinge zusammenfasst, und man muss vorsichtig damit umgehen, sonst geht es kaputt. Zum Beispiel hätte ich es nie in der Gruppe verwendet (in der es inzwischen schon um die hauseigene Castingshow im November ging – du meine Güte); aber auch nie bei Helene, die es missverstehen könnte, von Selma gar nicht zu reden, und ebenso wenig gegenüber Ursel, obwohl meine liebe Mutter, neuerdings ja Quasiwitwe, der Wahrheit in dem Wort schon sehr nahe kam, bei einem Anruf am Donnerstag vor dem befürchteten Wochenende, also einen Tag nach dem Bougieren und zwei Tage vor dem Doppelbesuch.

33

Hallo, wie steht's? Hast du Geld verloren, Dannymann, bist du traurig? Schon immer hatte mich Ursel so genannt, um mich auf ein menschenfreundliches Gleis zu schieben, neu war nur die Verbindung zwischen dem möglichen Verlust und einer möglichen Trauer, die ja in Wahrheit die ihre war. Danke, es geht, sagte ich und wollte sie endlich auf die gleichzeitige Anwesenheit von Selma am bevorstehenden Sonntag einstimmen, nur ließ sie mich gar nicht zu Wort kommen.

Dannymann, rief sie hustend – Ursel raucht einfach zu viel mit ihren WG-Frauen, schon immer –, ich würde gern etwas früher kommen als geplant, nämlich schon am Freitag, und das heißt morgen. Günter war ja ruck, zuck eingeäschert, und die Feier in der Stalburg hätte ihm sicher gefallen. Alles hat übrigens bestens geklappt, ich nehme an, du hast ein bisschen nachgeholfen. Und auch wenn er jetzt nicht mehr nachts anruft, damit ich mir seine kleinen Kritiken antue, bevor er sie abschickt – ich vermisse ihn trotzdem. Er hat ja bis zum letzten Tag, bis zu dem Sprung aus dem Rundfunkfenster, abends seinen Pecorino geknabbert, in der *Blechtrommel* gelesen und ab und zu meine Hand genommen, während Simon and Garfunkel lief, und nun fehlt mir das. Also sieh zu, dass ich das Zimmer im Hotel Römerbad schon morgen habe, und vielleicht holt mich auch jemand vom Bahnhof ab, bist du so lieb?

Und ich war so lieb, obwohl ich es gar nicht bin, mit anderen Worten, ich rief meine indische Fee an, kam aber nicht gleich zum Punkt, sondern lobte erst ihre tolle Arbeit in Sachen Feuerbestattung und kleine Aufmerksamkeiten, und wieder gelang es mir, Zaibunissa etwas Privates zu entlocken. *Thank you,* sagte sie im fernen Bengaluru, um dann schon zu fragen, was sie erledigen solle, und ich bat sie, aus dem Zimmer für meine Mutter eine Suite zu machen, für ein ganzes Wochenende, und sich vielleicht um eine englische Limousine zu kümmern, um einen Jaguar Super V8 mit Fahrer, der sollte Ursel am besten in Frankfurt abholen. *I got it, Sir,* kam es vom anderen Ende, und ich unternahm einen weiteren Vorstoß, indem ich Zaibunissa fragte, wie spät es bei ihr gerade sei, eine völlig lächerliche Frage, weil sie ja ganz und gar außerhalb der Zeit oder allenfalls in der Zeit ihrer Kunden lebte, aber sie gab eine prompte, freundliche Antwort. Bei ihr sei es jetzt später Abend, sagte sie, worauf ich sämtlichen Mut zusammennahm, den man in meiner Lage aufbringt. Wann sie denn mal freihabe und was sie dann mache, fragte ich, und am anderen Ende eine Stille, als hätte sie mich gar nicht verstanden. Ich glaubte schon, den Verkehr von Bengaluru zu hören, die Rufe von Lastenträgern und das Gehupe von Taxis, ja das Blöken heiliger Kühe, als ein gedämpftes *Never* zu mir durchdrang, auch wenn es kaum vorstellbar war, dass sie nur vor dem Bildschirm saß, also während der Arbeit Nahrung aufnahm und am Ende auch ihre Notdurft verrichtete, allenfalls für Minuten zwischendurch schlummernd, aber die Tatsachen sprachen dafür. Stets war sie erreichbar, stets aufnahmefähig, nie klang sie bedrückt oder erheitert; Zaibunissa war immer gleich, tagein, tagaus, und zum ersten Mal genierte ich mich, ein Teil dieser Tatsachen zu sein.

Für den Rest des Nachmittags saß ich im Rollstuhl auf dem Balkon – zum Glück nur zwei Meter über dem Rasen, für eine günterartige Aktion also ungeeignet – und dachte ans Lieben oder das, was mir davon in Erinnerung war, und als Pfarrer Zitt zur Visite erschien, hatte ich offenbar feuchte Augen, oder hätte er mir sonst, wortlos, sein Taschentuch angeboten? Es war ein serviettengroßes, hellblaues sogenanntes Sacktuch, über dessen Verwendungen man sich nicht sicher genug sein konnte, um ohne weiteres das Gesicht darin zu vergraben. Er habe jetzt erst von dem Todesfall in meiner Familie erfahren, sagte Zitt, ob ich noch seinen Beistand wollte? Ein Lächeln ging über das blasse Gesicht, ein Hauch von Triumph, weil der Tod ja seine Domäne war, und ich winkte nur ab, worauf er sich zurückzog, wiederum wortlos, ohne einen seiner Witze losgeworden zu sein, und damit sehr taktvoll.

Trotzdem blieb etwas von ihm zurück, neben dem Geruch seines Rasierwassers, das mich an die Zeit in der Urologie denken ließ: sein Hauch von Triumph, den ich nur mit Leben vertreiben konnte. Ich rollte mich ins Bad und machte mir Gel ins Haar, ich wechselte das Hemd und griff zu einer schwarzen Büffellederjacke, dem letzten Kleidungsstück, das ich mit intaktem Porsche gekauft hatte, bei Versace in der Goethestraße, als schon die Weihnachtsdeko hing. Fehlte nur noch meine Lange & Söhne mit Mondphasen (alternativ zur Rolex Datejust oder meiner Chopard), und ich konnte mich zum Speisesaal rollen, der besten Stunde des Tages entgegen.

Helene wartete schon vor dem Eingang, erstmals im etwas kürzeren Rock, beige mit besticktem Saum, knapp über zwei spitzen Mädchenknien, dazu trug sie eine lindgrüne Bluse mit großem Kragen, auf den ihr Haar fiel. Sie schob mich zu unserem Tisch in der Nähe des grüblerischen Patienten mit der Wangenblessur, und bei der Vorspeise, *Carciofi alla Casa*, erzählte ich von Ursels Umdisponierung, also der Tatsache, dass sie schon morgen auftauchen würde. Ach so, sagte Helene. Es schien sie nicht weiter zu interessieren, sie interessierte sich für das Essen und spekulierte über die Zutaten. Zwischen den Artischocken vermutete sie gehackte frische Minze und eine Knoblauchzehe, gleichfalls gehackt; außerdem Semmelbrösel, Salz und frischgemahlenen Pfeffer sowie Olivenöl extra vergine. Sie hatte sich ganz aufs Genießen geworfen, meine Helene, es half ihr mehr als alle Medikamente und sonstigen Therapien. Sie haute rein und sprach dabei vom Kochen, und der Abend kam mir schon etwas langweilig vor, da fragte sie beim Dessert auf einmal, wie viele Arten zu kommen es für mich gebe, und das mit ihrem Klosterlächeln, dem Lächeln der Verträumten, die vor sich hin singen, und ich tat, als würde ich nachdenken, obwohl es keine Sekunde gebraucht hätte, ihr zu antworten.

Drei, sagte ich. Zunächst das mühelose, durch eine andere Hand ermöglichte vollkommen freie Kommen, der Schuss in den Raum mit einem Gefühl, als würde ein ganzer Schwarm Kolibris auf einmal durch das Ostium fliegen. Die zweite Art ist schon komplizierter, weil ein anderer Mund im Spiel ist und man sich unwillkürlich Gedanken macht, wie die beteiligte und einem doch oft recht nahestehende Person die Sache wohl aufnehmen würde, also eine leichte Einschränkung, meist aber wettgemacht durch die Situation. Und schließlich die klassische Nummer, gleichgültig in welcher Stellung – eine in jeder Hinsicht zerbrechliche Angelegenheit, sagte ich, immer auch abhängig von der Gegenseite. Zum einen ist man tief in der Person, die man vielleicht sogar liebt, zum anderen ist man aber auch nicht in ihr, das heißt, sie verfolgt eigene Interessen, willkürlich oder unwillkürlich, und man muss sich, wenn es so weit ist, durchsetzen: einerseits konzentrierte Kraft aufbieten, andererseits alle Schleusen öffnen, weshalb diese dritte Art nicht selten von einem lauten Furz begleitet ist, was man natürlich in den Anfängen einer Beziehung zu vermeiden bemüht ist, mit dem Ergebnis, dass diese allgemein beliebteste Methode für einen Mann oft die geringste Befriedigung bringt, außer er verwechselt die Befriedigung mit dem Erfolg, überhaupt so weit gekommen zu sein. Wenn das Ganze aber gelingt, also beide im selben Moment die richtigen Schleusen öffnen, dann gibt es, beim Leben meiner Mutter, nichts Größeres!

Helene wischte sich mit der Waldhausserviette über die Augen und stand ruckartig auf. Danke, sagte sie und ging davon, und ich hatte den Eindruck, in ihrem Wesen, und wohl auch in meinem, liege so etwas wie eine verletzte Sehnsucht, die Sehnsucht nach Unschuld, die irgendwer irgendwann in bester Absicht mit Füßen getreten hatte; in der offenen Tür des Speisesaals schaute sie noch einmal über die Schulter zurück, mir genau in die Augen, und die Erzählung der Französin fiel mir ein.

Tief in der Nacht – auf dem Balkon eine einzelne letzte Grille, kaum zu glauben – las ich das schmale Buch dann endlich fertig, die drei Schlusssätze sogar laut. *Ich sehe, daß der Mann auf der Frau liegend weint. Ich sehe von ihr nur die Bewegungslosigkeit. Ich weiß es nicht, ich weiß nichts, ich weiß nicht, ob sie schläft.* Ende. Helene, dachte ich, würde jetzt schlafen, ebenso Selma; ich lag auf keiner von beiden und weinte trotzdem wie der Lebenslängliche, der sich seiner Lage bewusst wird.

34

Die Handschellen, die mir Selma aus Spaß angelegt hatte, waren eng um das Heizrohr in meinem Rücken gelegt, ein Befreiungsversuch hätte mir die Gelenke zerschnitten und die Arme verdreht. Es gab kein Entrinnen, ich war Selmas Gefangener, als sie meinen Porsche nur mit den Fingernägeln, ihren ovalen gepflegten, auf einmal ganz nach oben brachte. Trotz der miesen Stimmung stand er einfach, als ginge ihn das alles nichts an, weder ihre Tränen noch das absurde Pamperspaket, zu dem es kein Baby gab, während Selma mit der freien Hand nach etwas suchte, einem Gegenstand, um es dem Porsche zu geben, wie man sagt, ihm eins überzubraten, damit er sich endlich der Lage anpasste. Und ideal wäre ein Kochlöffel gewesen, ausreichend symbolisch, um ihre Wut loswerden, aber so beschaffen, dass er allenfalls zu Blutergüssen geführt hätte, und eventuell auch ein Brieföffner oder Lineal, aber dergleichen war nicht in Reichweite zwischen Gabentisch und Baum; da standen nur die Hirten, die von vornherein ausschieden, auch wenn sie aus massivem Holz waren, und vor den Hirten auf dem Feld beziehungsweise Teppich lag der ausgepackte Korkenzieher. Und den schnappte sich Selma, ohne zu merken, was sie da in der Hand hielt.

Nee, Selma, nee!, rief sie wieder, was sich jetzt anhörte wie ein Spiel, dann aber lief ein Zittern durch ihr Gesicht, und ich machte, mehr aus Verzweiflung als aus Lust, den Vorschlag, doch miteinander zu schlafen, eine Wortwahl, die dem Kerzenschein Rechnung trug, nicht der Situation, und praktisch hieß das für sie, auf mir Platz zu nehmen, also einfach ein Stück höherzurutschen, nur sah Selma nicht die Verzweiflung, sie sah die Lust oder mein idiotisches Teil, das schon schmerzte in seiner Verhärtung (und Form von Priapismus, nach Professor Cordua). Du Schwein, ließ sie auf mich herabprasseln, einmal, zweimal, dreimal, heiser, während in der Wohnung unter uns, bei den Langhoffs, an die Decke geklopft wurde, und da ruckte ich an den Handschellen, dass ein hohles Geräusch durchs Heizrohr ging. Ich wusste mir nicht mehr zu helfen, *Cool down!*, rief ich, komm zur Vernunft, zieh dich aus, und wir feiern, lass uns froh und munter sein! Wie von selbst fing ich plötzlich zu singen an, sie sitzen ja tief in einem drin, diese Weihnachtslieder, auch wenn Ursel sie mir in der WG immer nur heimlich vorgesummt hatte, aber vielleicht gerade deshalb, wir waren die Diaspora mit ihrem Zusammenhalt, darauf besann ich mich, nur bekam Selma es in die ganz falsche Kehle. Froh und munter, keuchte sie, während bei den Langhoffs weitergesungen wurde, jetzt mit Flötenbegleitung. Es ist ein Ros' entsprungen, klang es nach oben, als Selma mit einiger Verspätung begriff, was sie da mit dem Korkenzieher gegen mich oder ein Teil von mir in der Hand hielt. Und alles Weitere war eine Verkettung von Umständen in ihrer unglücklichsten Form, um es allgemein auszudrücken und mich nicht in Details zu verlieren (der Korkenzieher hatte zwei flügelartige Hebel, um seinen gewundenen Dorn in dem runden Gehäuse anzuheben).

Und zu diesen Umständen gehörte, neben meiner Fesselung an das Heizrohr und dem im Grunde vor Schreck starren Teil, an dem alles vorbeizugehen schien, und dem Gesang der Idealfamilie unter uns, Selmas schwieriges Innenleben: ihre Verletztheit, die in Wut umschlug, nur noch gebremst durch die Kinderstube, mit dem Ergebnis einer gänzlich kranken Idee, als hätte sie in der Schweineabteilung an Finanzprodukten getüftelt. Heiser flüsternd schlug sie nämlich einen Handel vor, mir die Spitze des Korkenziehers vorne hineinzustecken, nur das allererste Stückchen, bis es wehtue, und wenn er mir dann immer noch stehe, sich draufzusetzen, *scheißegal*. Und ich sah auf ihre Hand mit dem funkelnden Instrument, wie sie sich auf das Teil in ihrer anderen Hand senkte, während unten eine Gesangspause eintrat, und mahnte nicht etwa zur Vorsicht oder versuchte das Ganze durch einen Scherz zu entspannen, sondern sagte dasselbe wie sie. *Scheißegal*.

Unser beider Bedenken waren also über Bord geworfen, als die kühle Korkenzieherspitze mit ihrer Krümmung in mein Ostium kam, von Selma sogar aufgespreizt wie von Kim III beim Bougieren, ein bis dahin völlig schmerzloses Eindringen, nur eben kühl. Und wahrscheinlich wäre das Ganze an der Stelle schon abgebrochen worden, zumal ja mein Priapismus – es hat auch etwas Tröstliches, dieses Wort – immer noch anhielt, also Selmas Bedingung erfüllt war, wenn nicht in der Wohnung unter uns auf einmal *Stille Nacht* erklungen wäre, dieses Lied, das einen umhaut, auch wenn man unter qualmenden WG-Frauen aufgewachsen ist. Ich sah sofort die Veränderung, die in Selma vorging, den Ansturm der Erinnerungen, ihr tiefes Erschüttertsein, und nun kam, im Sekundentakt, ein Missverständnis zum anderen, wie immer, wenn sich Körper und Geist vermischen. Komm, sagte ich, was als Beistand gedacht war, als Wunsch nach Gemeinsamkeit während des Liedes der Lieder, und nicht als Appell, sich auf mich zu schwingen, und sie hauchte: Sei still, und ich hörte nur *still* und nahm an, es sei das Mitsingen gemeint, also stimmte ich ein, und das beim *holden Knaben mit lockigem Haar*, was ihr erneut in die falsche Kehle kam: sie mitten ins Herz traf und aus der Erschütterung einen Zusammenbruch machte. Selma brach förmlich in sich ein und stieß dabei den Korkenzieher in meine Kuppe, ein Kollateralschaden, könnte man sagen, jedenfalls würden ihre Anwälte so argumentieren.

Momente lang wussten wir beide nicht, was geschehen war, ich schrie vor Schmerz und Selma vor Schreck, dann aber schnellte ihr Oberkörper wieder nach oben, bestimmt ein Reflex, nur dass sie den Korkenzieher dabei mitriss und die gekrümmte Spitze das ihre tat, bis sie die Röhre wieder verließ, gefolgt von einem Blutstrahl, dem Selma nicht gewachsen war. Sie brach in hysterisches Schreien aus, das wie Gelächter klang: das nächste Missverständnis, wenn man das Ganze mit Abstand und Wohlwollen betrachtet. Aber Abstand und Wohlwollen existierten in dem Augenblick nicht, für mein Gefühl lachte sie also nur, was auch nur den Schluss böser Absicht zuließ und damit den Schmerz verdoppelte. Ich schrie jetzt nicht mehr, ich brüllte wie ein Stier, dem man die Hoden abgetrennt hat, und wurde zu Ochs und Esel in einem: über mir die immer noch lachende und im Grunde schreiende Selma und etwas seitlich die Hirten in einem roten Sprühregen, während das Lied, das einen umhaut, in der Wohnung unter uns ausklang; sie hatten es einfach stur zu Ende gesungen, die Langhoffs, bevor sie zum Glück die Polizei riefen.

35

Der Schlaf, in langen Waldhausnächten mein einziger Freund, hatte mich endlich von all den Erinnerungen erlöst, und als ich am Morgen durch Vogelgezwitscher erwachte, war mein erster Gedanke, dass Ursel jetzt schon nervös in der WG-Küche säße, neben gepackten Taschen, während ihr Fahrer wohl noch die Limousine saugte. Meine Mutter war sozusagen im Anrollen, wenn von Indien aus alles geklappt hatte, und um mich zu versichern, warf ich einen Blick in die Mails, so wie ich früher, als noch alles gut war, gleich nach dem Aufwachen immer in meine Mails gesehen hatte. Und natürlich fand sich da eine Bestätigung, Zaibunissa teilte mir mit, dass im Grandhotel Römerbad eine Suite gebucht sei, die Tschechow-Suite, allerdings habe sie nur eine Stretchlimo mit Chauffeur bekommen, keinen Jaguar Super V8, *Sorry, Sir,* und ich simste ihr beim Frühstück zurück, dass es für meine Mom egal sei, durch welchen Luxus sie sich provoziert und zugleich angezogen fühle, *Don't worry, D. D.*

Das war mein Morgen an diesem letzten Freitag im Oktober, dem Reformationstag – wie mir mein überkonfessioneller BlackBerry sagte –, der ein so blauer Bilderbuchtag war, dass ich fast Lust hatte, meine Beine zu bewegen. Nach der Cordua-Visite saß ich, in eine Decke gehüllt, auf dem Balkon und stellte mir vor, auf den Rasen zu springen, um dem Gärtner beim Mähen zu helfen. Wie immer mit nacktem Oberkörper – und nicht nur von mir beobachtet, auch von der Volksschwuchtel, die hinter einem Gebüsch stand mit ihrem Verlangen – schob er das knatternde Gerät vor sich her: Ein beneidenswerter Mann, dachte ich und hätte fast das Telefon überhört, den Refrain von *Hey Joe*, den sich meine liebe Ursel als Vorboten ihrer Anrufe gewünscht hatte.

Sie war schon in Höhe von Karlsruhe und gab sich alle Mühe, nicht von dem Fahrer und dem Wagen zu schwärmen, sondern um Günter zu trauern – dem die Fahrt sicher auch Spaß gemacht hätte, auch wenn das gar nicht leicht sei, sich von einem Farbigen chauffieren zu lassen, anstatt ihn nach seinen Lebensverhältnissen zu befragen. Ursel wusste kaum, wie sie es mit ihrem Weltbild vereinbaren sollte, so komfortabel rassistisch transportiert zu werden, sie kam nicht weiter mit ihrer Moral auf der einen Seite und ihren Bandscheiben auf der anderen, Bandscheiben, die es in der Stretchlimo gar nicht zu geben schien, und wie immer, wenn sie an ihre Grenzen kam, tat sie mir leid: eine Quasilinke und Quasiwitwe, die ihren quasibehinderten Sohn besuchte; man musste gut zu ihr sein, und ich traute mich nicht, Selmas gleichzeitige Anwesenheit im Waldhaus und im Hotel Römerbad zu erwähnen. Ich sagte nur, wenn sie heute bereits hier sei, könnte sie ja übermorgen früh wieder abreisen, und genau in dem Moment klopfte Pfarrer Zitt auf die gewohnte zaghafte Art – seine Freitagsrunde begann oft schon mittags –, und auf mein *Herein!* folgte lächerlich reimartig Ursels *Nein!*.

Nein, sagte sie, oder hast du vergessen, warum ich gerade dieses Wochenende komme? Am Sonntagnachmittag liest Truchseß im Waldhaus, eingeführt von dem

Mann, der Günter immerhin eine freie Mitarbeit in Aussicht gestellt hatte – mit kollegialem Gruß, Dr. Humbert! Wir werden zusammen zu der Lesung gehen, du kannst doch schon wieder gehen, oder? Und nun kam das Nein von mir, klar und deutlich, während Pfarrer Zitt die Suite betrat, wie immer im abgewetzten Rabengewand. Hallo, Herr Pfarrer, sagte ich so laut, dass Ursel es hören konnte; denn aus der Stretchlimo kam sofort ein heiseres: Dann bis später, Danny, und ich bring dir auch etwas mit, die schöne alte Nietzsche-Ausgabe von Günter, die braucht er jetzt ja wohl nicht mehr.

36

Ein leiser Zweifel schwang in ihrer Stimme mit, einer, der auf mich übersprang, als Anflug von Glaubenssehnsucht, für einen wie Zitt unverkennbar. Ich habe für Sie gebetet, begann er, für Sie *im Ganzen.* Und wenn Sie möchten, beten wir jetzt gemeinsam, Sie müssen dazu nicht aufstehen.

Das könnte ich auch gar nicht

Aber vielleicht können Sie es hinterher.

Glauben Sie an Wunder?

An Jesus, das reicht. Ich bin die Auferstehung und das Leben, sagt er. Glauben Sie an das Leben?

Solange es nicht im Detail funktioniert, nein.

Es wird wieder funktionieren, Herr Deserno.

Aber meines Wissens hat Jesus in diesem Bereich kein einziges Wunder vollbracht.

Er hat den Gelähmten wieder aufstehen und wandeln lassen, entgegnete Pfarrer Zitt. Ist das nichts?

Es ist der Wahnsinn, rief ich und rollte mich an die Brüstung, die zu erklimmen nur meiner Arme bedürfte. Ich stemmte mich halb aus dem Stuhl, ich sah auf den Rasen: bei günstigem Aufschlag könnte man sich das Genick brechen; nicht dass ich mich umbringen wollte – wie sich's für manchen Vorstand gehört hätte in diesen Tagen –, aber ich wollte eine Freiheit in dieser Hinsicht zeigen. Etwas Weiches legte sich auf meine Schulter, das Weiche einer geistlichen Hand. Tun Sie's nicht, sagte Pfarrer Zitt, als hätte er die Gabe, Gedanken zu lesen. Es kann auch im Detail eine Auferstehung geben, wenn Ihnen das so wichtig ist.

So wichtig wie das Leben selbst, erwiderte ich. Aber dazu muss man wissen, was ein erster warmer Abend in einer Stadt wie Frankfurt bedeutet – Tausende von leichten Kleidchen, aus denen noch winterlich blasse Beine ragen, voller Verlangen nach Blicken und einer Berührung. Meine Todesstunde, denke ich, könnte auf so einen ersten perfekten Frühsommerabend fallen, mit leuchtenden Kniekehlen, wohin man auch sieht, kleinen Tattoos, die zum Vorschein kommen, rasierten Achseln und all diesen Gerüchen nach Cremes und Lotionen, einer Mischung aus Vanille und Zimt und dazu noch frischem Getriebeöl unter den Hauben erstmals geöffneter Cabrios. Ich weiß nicht, ob Sie sich das vorstellen können, Herr Pfarrer, wie es ist, an einem solchen Abend die Schweineabteilung einer florierenden Bank zu verlassen, um sich in das Hin und Her auf dem Frankfurter

Opernplatz zu werfen, mit nichts als einer schwarzen Amex-Karte und dem Herzen am rechten Fleck, nämlich nicht in der Hose, die von einen anderen Organ beansprucht wird. Wie es ist, auf jedes Lachen mit dem eigenen Lachen zu antworten, voller Erwartung, was die Dinge so bringen, und in der Sicherheit, am Ende nicht allein ins Bett zu fallen, sondern zwischen zwei Schenkel zu sinken, unter sich das Gesicht des Lebens, die Auferstehung ohne vorherige Kreuzigung.

Aber Ihre Bank floriert nicht mehr, unterbrach mich Zitt, sie steckt in der Klemme.

Herr Pfarrer?

Ich glaubte mich verhört zu haben, auch wenn ich an diesem Freitag wegen der ganzen Belastung, die auf mich zukam, noch nicht ins Netz geschaut hatte.

Der IFB soll die Luft ausgehen, sagte Zitt, wieder mit seinem versteckten Lächeln, als hätte das Ganze mit dem Tod zu tun. Sogar die UBS ist mitbetroffen, und ich selbst stehe der Schweiz recht nahe.

Sie haben ein Depot?

Sagen wir, meine Gemeinde.

Zertifikate?

Unter anderem. Und Sie?

Pfarrer Zitt schob mich jetzt einfach in die Suite zurück, er nutzte die Situation, mein inneres Luftholen, denn ich konnte es noch immer nicht fassen. Wann ist das rausgekommen?

Vor wenigen Minuten. Ich suchte nach einem Spruch für die Sonntagspredigt und sah die Meldung.

Sie suchen Ihre Sprüche im Internet?

Nicht die vorgeschriebenen, nur die erläuternden. Und was werden Sie jetzt tun, Herr Deserno?

Ich bin nicht mehr bei dieser Bank.

Und was empfehlen Sie *mir*?

Beten für die UBS, das hat sie sicher noch nie erlebt.

Zitt legte mir wieder eine Hand auf die Schulter, und auf einmal waren wir Verbündete, beide mit einem Depot, auch wenn ich mehrere davon hatte, die meisten allerdings in der Schweiz. Ich bete für den Finanzminister, sagte er.

Für Schweinchen Schlau? Tun Sie das nicht, er will uns an den Kragen, er kauft DVDs von Gangstern, um sich zu holen, was wir noch retten konnten. Außerdem nehmen die Dinge ihren Lauf, wir sind zur Untätigkeit verdammt, für mich kein neues Gefühl, seit ich zur Untätigkeit zwischen den Beinen verdammt bin, aber davon können Sie ja selbst ein Lied singen, wenn ich das sagen darf.

Meine Schulter fühlte sich leicht an, leicht und frei, die Hand darauf war verschwunden; Zitt war gegangen, auf die übliche stille Art, ich war allein mit mir oder fast allein. Denn auf meinem Kopfkissen lag ein farbiges Bildchen, wie man es früher nach der Religionsstunde mit auf den Weg bekam, eins mit Heiligem oder Schutzengel und in diesem Fall einer Kinderbibelschönheit, die einem Kranken wie mir die Stirn salbt – eine ziemlich scharfe Person, wie ich fand, eine von der Sorte, die sich erst bekreuzigen und danach ausziehen, die unendlich klar sind, wenn sie sich hingeben, mit einer Kraft, die jeden Wicht wegputzt.

37

Regel Nummer sieben: Es gibt kein keusches Schreiben, außer man ist heilig, und dann hätte man es noch mit der Sehnsucht zu tun. Schreiben ist immer auch Sex, und Sex, wenn man ihn ernst nimmt, erfordert Mut: ohne Mut kein gutes Schreiben. Gleich nach Pfarrer Zitts Visite, auf meinem Knie noch das Erbauungsbildchen, fand ich für mich diese Regel, und zweifellos lag darin auch ein Trost, wie in jeder Anleitung, die einem Laien Erfolg verspricht, ich denke da auch an die zehn goldenen Regeln für Investoren, die Selma sogar auf Arabisch konnte und die hier anzuführen sicher langweilig wäre, außerdem überholt.

Ich hielt mich ans Schreiben, wenn schon mein Geld in Gefahr war, nicht das ganze, aber der sichergeglaubteste Teil. Ja, ich schwänzte sogar die Gruppe mit ihrem neuen Thema der Castingshow – für die Schmauch eine wahre Psychofundgrube – und schlug damit eine Stunde neben Helene aus, nur um in Ruhe eins nach dem anderen festzuhalten. Hellwach, wie beim ersten Swapgeschäft mit Chinesen, gab ich die Dinge in mein Gerät ein, in dem immer mehr Buchstaben die Zahlen überschrieben, bis ein Alarm aus Raucherhusten und meinem laut verniedlichten Namen die nachmittägliche Waldhausstille beendete.

Und mit einem Lachen wie aus allen Organen samt innerem Aschenbecher, feministisch seemännisch, wenn es das gibt, ihrer Drohung, einer verrotteten Welt die Stirn zu bieten, kam meine liebe Ursel zur Tür herein und platzte in den Bereich zwischen Bett und Balkontür, um sich vor meinem Rollstuhl hinzupflanzen: eine in Wasser aufgequollene schwarze Tulpe. Sie trug weite Latzhosen in der Trauerfarbe, Hosen, die nicht nur symbolisch an Günter erinnerten, aber ansonsten war sie die übliche Ursel: blond getönt, mit ihren immer noch schönen Pferdeaugen, glänzend vor Verlangen, und das Gesicht frisch aus dem Assitoaster, ihrer Sonnenbank um die Ecke. Dannymann, was habt ihr da angerichtet, rief sie heiser, jetzt heißt es, Hosen runter und die traurige Wahrheit auf den Tisch, ich habe unterwegs Nachrichten gesehen, es gab in dem Wagen sogar einen Fernseher. Deine Bank ist im Delirium!

Ist nicht mehr meine, wandte ich ein, und Ursel, kaum hatte sie mich mit zwei Küssen begrüßt, sprach schon wieder von herunterzulassenden Hosen und der traurigen Wahrheit, bis ihr klar wurde – sie besuchte ja selbst eine psychologische Gruppe, seit dreißig Jahren, die sogenannte Leber-Gruppe, deren Gründer längst tot war –, wie nah sie damit meinem Leiden kam. Bezog sich nicht auf deine Sache da unten, sagte sie hustend, in der Hand schon Feuerzeug und Zigaretten, die ewigen selbstgedrehten, während ihre andere Hand fragende Bewegungen vor dem Zentrum der Trauerlatzhose machte. Sie wollte es jetzt wissen, wissen, wie es dort unten bestellt wäre um mich, aber das war nur der eine Teil ihrer mütterlichen Sorge, der andere galt dem Geld. Ob ich pleite sei, fragte sie leise, und meine Antwort, Könnte ich dann noch hier sein?, nahm ihr wenigstens diese zweite Sorge, die größere für mein Gefühl. Ursel zupfte mich halb anerkennend, halb strafend am Ohr (man nennt das, glaube ich, Double-Bind), rauchte dann auf dem Balkon und inspizierte anschließend die Suite, als wollte sie einziehen; und um sie endgültig auf andere Gedanken zu bringen, schlug ich ihr vor, mich zum Freitagsdinner zu begleiten.

Freitagsdinner, sagte ich ausdrücklich, weil dieses Essen immer schon der festliche Auftakt des Wochenendes war, mit stimmungvollem Licht und kulinarischen Höhepunkten. Aber auf dem Weg zum Speisesaal – Ursel schob mich, als folgte uns die Steuerfahndung – fiel mir bereits das eher bleiche bedrückende Licht einer neuen Sorte von Glühbirnen auf, die in den Fluren installiert worden waren, offenbar über Nacht: um zu sparen. Die Krise hatte das Waldhaus erreicht, auf jeden Fall psychologisch, und um davon abzulenken, nannte ich Beispiele aus der Menükarte. Essen wir alles, rief Ursel beim Schieben und konnte ihren Schritt dann gerade noch bremsen, als der Saal erreicht war, an dem Abend komplett von schlichten Kerzen erleuchtet, was dem Sparprogramm eine Tarnung gab. Es sei hier dauernd wie Weihnachten, sagte ich und wies Ursel die Richtung zu meinem Tisch.

Und wie immer in letzter Zeit war dort für zwei Personen gedeckt, nur dass die zweite Person an dem Freitagabend meine überaus auffallende Mutter war; Helene hatte uns kommen sehen und gelassen das Feld geräumt, sie besaß einfach Stil. Und als Ursel und ich, nach einem Aperitif und kleinen Vorspeisen – etwas dürftiger ausgefallen als sonst und auch weniger frisch – bei der Pasta waren, da saß Helene am Katzentisch neben der Anrichte, mit einem fernen Kinderlächeln für mich, und ich liebte sie.

Vongoohle, rief Ursel in ihre Serviette und meinte das Essen; beide hatten wir *Spaghetti alle Vongole* bestellt, alternativ zu *Aglio e Olio*, und Giuseppe hatte die Bestellung auf seine Art wiederholt, *Zwomal Vongoohle*, was bei Ursel immer noch Schübe ihres animalischen Lachhustens nach sich zog und uns zum Mittelpunkt des Saals machte. Ich glühte vor Scham, wie in den Zeiten, als sie mich in einem indianischen Tuch vor ihrer Brust durch Frankfurt trug und mir normale Kinder aus ihren Buggies verstohlen zuwinkten, wie es Helene jetzt vom Katzentisch aus tat. Ob das nicht die berühmte Autorin mit dem berühmten Pobuch sei, fragte Ursel, und ich nickte nur, während ihr fast eine Muschel im Hals stecken blieb, so hin- und hergerissen war sie zwischen ihrem Frauengefühl und einer Verbundenheit über den Tod hinaus mit Günter: der wegen dieses Buches, das jetzt sogar in Blindenschrift erscheine, als Kritiker zerbrochen sei. Trinken wir auf ihn, rief sie und hob das Glas an die Lippen, und irgendwie ging dabei ihr Blick zur Fensterfront, und sie vergaß das Trinken. Ursel hatte die Lackente und noch mindestens drei andere Prominentenleichen erkannt und wollte schon die Namen aussprechen, als ich mir mit der Hand den Mund bedeckte. Schau da nicht so hin, sagte ich leise. Und keine Namen.

Aber das ist doch der Typ – Ursel murmelte etwas in die Spaghetti, und ich beugte mich zu ihr vor. Ja, aber ich nenne ihn nur *falscher Senator*, wie dieser Verschwörertyp im Kostümfilm. Und der Mann am Tisch daneben heißt nur *Lichtenstein*. Er ist hier, um sich von einem posttraumatischen Schock zu erholen, seiner Verhaftung vor laufender Kamera. Die Waldhauspatienten sind eine Gesellschaft für sich, ganz besondere Leute, darum liest ja auch übermorgen hier ein ganz besonderer Autor.

Oh, den hab ich schon von weitem gesehen, sagte Ursel, der ist schon im Hotel, ebenso der bekannte Kritiker, der ihn einführt, Dr. Humbert, er hat das Zimmer neben meinem, stell dir vor! In ihren Augen lag plötzlich ein Schimmer, der sie noch pferdiger machte, gleichzeitig saugte Ursel eine Muschel nach der anderen aus ihrer Schale, mit Geräuschen wie ein Kommentar zu der Tatsache ihrer unverhofften Nachbarschaft mit Humbert. Und auch ich hielt mich jetzt an die Venusmuscheln, die so reichlich auf dem Teller lagen, als wollte die Küche sie loswerden. Eine Weile aßen wir stumm, dann beugte sich Ursel über den Tisch. Dieser Kritiker, sagte sie ein wenig stockend – glaubst du, er und ich, wir würden zusammenpassen? Ursel sah vor sich hin, was vermuten ließ, dass die Frage ernst gemeint war; sie hatte fast etwas in sich Gekehrtes, was sonst so gut wie nie vorkam. Es wäre die Gelegenheit gewesen, ihr einiges nahezubringen: dass meine noch nicht abgehakte Selma im selben Hotel logierte und bei der Lesung dabei wäre; und dass weder Dr. Humbert noch sonst ein Kulturmann auf sie wartete. Aber niemand, ich schon gar nicht, hatte das Herz, ihr zu sagen, dass sie Mitte sechzig war und von dem Glauben abkommen sollte, alle Männer mit grauem Bärtchen und Gedichtband in der Hose seien hinter ihr her. Dieser Dr. Humbert, fuhr sie aus ihrer Nachdenklichkeit auf, der hat schon was.

Und was genau?

Dannymann, er hat so etwas Feines und Grobes zugleich, wie ein Stallknecht, der heimlich Rilke liest.

Dem wollte ich nicht widersprechen, auch weil mir ein Ziehen durch den Darm ging. Ich nickte nur und hielt mir den Bauch, während die Campus oder Schampus ihre übliche Runde durch den Saal machte, auf Absätzen, dass man Mitleid mit dem Parkett bekam. Ob alles in Ordnung sei, fragte sie mit ihrer Perlweinstimme, und meine liebe Ursel beugte sich wieder zu mir: He, die kenn ich doch auch, flüsterte sie, wo sind wir hier bloß?

Im Waldhaus, sagte ich, aber sie war schon wieder woanders. Sie winkte Giuseppe heran und bestellte sich Fernet Branca und sprach plötzlich von ihrer Alters-WG, den ersten Beschwerden der anderen, und selbst hatte sie Schweiß auf ihrer getoasteten Stirn und in der Stimme etwas, das mir Angst machte: als müsste ich sie demnächst pflegen, wo doch ich der Behinderte war. Dann kippte sie den Fernet und zog dabei meinen Kopf an ihren. Dannymann, ich muss mal, aber vielleicht besser im Hotel – wenn du mir ein Taxi rufst, bist du so lieb?

38

Und damit begann eine lange Nacht des Müssens: für alle Patienten, die am Abend bei Giuseppe aus Sachsen *Vongoohle* bestellt hatten, womit nicht etwa ein Verdacht gegen den Osten aufkommen soll. Es waren die Maßnahmen in der Sterneküche des Waldhauses, bestimmt angeordnet von den nervösen Gesellschaftern: die Devise, erst das Alte zu verbrauchen, ehe man Frisches einkauft, die zu überfallartigem Durchfall geführt hatte, so überfallartig, dass ich, von Kim III gerade erst ins Bett gehoben, selbstständig wieder aufstand, in der Art eines Wunders, die ja häufig in Notlagen geschehen. Schwankend wie nach einem Abend mit den Jungs aus der Schweineabteilung, voller Drinks und anderem Stoff, legte ich auf weichen Knien den Weg zum Bad zurück, und kaum war die erhöhte Schüssel erreicht, stürzte es nur so aus mir hervor, und der Stolz über die erste zurückgelegte Distanz ohne jegliche Hilfe vermischte sich mit dem Erstaunen, was der eigene Leib alles herzugeben vermag, ohne in sich zusammenzufallen. Immer wieder warf ich Blicke an meiner bleichen Backe vorbei in die Schüssel, fast mit einer Art Ehrfurcht gegenüber der Schöpfung Mensch in Gestalt von Daniel Deserno: als wäre es nicht faulige Jauche, was da aus mir herauskam, sondern ein flüssiges Erz aus den tiefen Minen meiner selbst. Ich schiss mir die Seele aus dem Leib, wie man so leichthin sagt, und zuckte dann auch entsprechend zusammen, nämlich wie beim Verzocken eines Vermögens ertappt, als auf einmal das Telefon im Bad klingelte.

Am anderen Ende war Ursel, sie stöhnte nur meinen Namen, und dann hörte ich eine Spülung und kurz darauf einen doppelten Knall, und irgendwie gelang es ihr, mir zwischen all den Geräuschen noch klarzumachen, dass sie seit Betreten der Tschechow-Suite auf dem Klo saß, von dem verdammten Essen, und ich konnte sie ein wenig beruhigen, indem ich die eigene Misere erwähnte, aber eben bloß etwas. Sie bedauerte mich sogar kurz, meine Mutter, jetzt eher hechelnd als stöhnend, den Hörer irgendwo zwischen Mund und Schüssel, um dann zu lärmen wie morgens in der alten WG nach einem Fest mit Bohnensalat, während sie schon wieder bei sich war, als zählte nur ihr Leid und meines nicht. Die wahre Kacke, sagte sie, sei ja gar nicht das Festsitzen auf dem Klo, die wahre Kacke sei, dass Dr. Humbert das Nebenzimmer habe, womöglich mit dünner Wand: Was soll ich nur tun, Dannymann? Und ich riet ihr, den Fernseher im Bad anzumachen, MTV. Lass laut Musik laufen, dann denkt er, du ziehst dir drüben was rein, und bestaunt dich morgen beim Frühstück.

Wenn ich dann noch lebe, keuchte Ursel, und bevor ich ihr ein tröstendes Wort zurufen konnte, hatte sie schon aufgelegt, während mich ein neuer, letzter Krampf durchlief, am Ende mit Geräuschen wie aus einem lange unbenutzten Wasserhahn. Ich drückte noch einmal die Spülung, dann stemmte ich mich von dem erhöhten Klosett in die medizinische Sitzwanne: schon mein zweiter selbstständiger Schritt. Blieb nur noch, den *aqua calda*-Hahn aufzudrehen – alles war italienisch im Waldhaus, bis auf die Krankheiten – und zu entspannen, soweit ich dazu in der Lage war; denn durch die Wände drang leises Stöhnen, und auch aus dem Flur war etwas zu hören, ein spukhafter Widerhall weiteren Stöhnens aus weiteren Zimmern, und ich stellte mir vor, es wäre das Stöhnen von Paaren, die in einer Art Synchronnummer allesamt schrittweise kommen, als das Badtelefon zum zweiten Mal ging.

Meine Hand griff zum Hörer, fiel zurück auf den Wannenrand und griff erneut zum Hörer: manchmal wissen wir einfach, dass ein Telefonläuten nichts Gutes bedeutet, einen Einbruch in den Gang der Dinge, besonders um Mitternacht. Es war Selma, begabt darin, mich zu ertappen, einmal sogar als ich fünf Prozent unserer gesamten Liquidität aufs Spiel gesetzt hatte, zum Glück sagte ihr der Zahlencocktail auf meinem Schirm nichts, mein Poker morgens um zwei, während in Tokio schon der Handel lief, und als wir beide schließlich erschöpft auf dem Boden lagen, war alles längst ausgestanden und die Bank um null Komma acht Prozent von dem Batzen im Plus. Ich bin's, kam es vom anderen Ende der Leitung, als mich ein Nachbeben aufstöhnen ließ. Hast du Besuch, fragte sie, bist du etwa wieder gesund?

Schön wär's, rief ich. Gibt's deine Abteilung noch?

Es gibt nur noch mich, die anderen mussten gehen.

Aber es gibt dazu keine Bank mehr.

Unsinn, sie wird gerade gerettet.

Dann wird aus deinem Gehalt jetzt ein Taschengeld.

Das betrifft nur den Vorstand. Tobi ist übrigens weg.

Tobi ist weg? Seit wann?

Seit kurzem.

Seit kurzem ist keine Zeit.

Seit der Lehman-Sache, sagte Selma. Er ging einfach mit seinem Laptop und ein paar Bleistiften in einem Pappkarton aus dem Haus. Tobi ist ausgestiegen.

Und woanders eingestiegen?

Ja, in mein Bett.

Das saß natürlich, vor allem in der Verfassung, in der ich war, und Selma ließ mir etwas Zeit – ich hörte sie leise atmen –, bevor sie nach meinen Depots fragte.

Alles bestens, log ich. Wo steckst du?

Ganz in der Nähe, Hotel Römerbad. Mein Autor ist dort schon zwei Tage *vor* der Lesung, er lebt nicht in unserer Krisenwelt, er lebt woanders. Und ich muss mich um ihn kümmern, er ist oft sehr einsam.

Er soll in Begleitung eines Herrn Humbert sein.

Dr. Humbert, rief Selma, der dürfte ihn kaum trösten! Truchseß braucht Damen um sich, oder kann man einem Kritiker die Hand küssen? Und jetzt solltest du mich endlich fragen, warum ich mitten in der Nacht anrufe.

Warum rufst du mitten in der Nacht an?

Weil jemand die Suite hat, die eigentlich *er* bekommen sollte, und zwar auf deine Veranlassung. Wer?

Meine Mutter, sagte ich und war auf einmal ganz stolz auf Ursel, wie sie da in der Tschechow-Suite wohl immer noch auf dem Kingsizeklo saß und der berühmte Autor nur im Standardbad auf einem Plastikdeckel. Sie ist heute angekommen und bleibt bis zur Lesung. Im Moment entleert sie sich gerade, das sagte sie am Telefon. Und ich habe bis eben das Gleiche getan, nach alten Muscheln, tut mir leid, das sagen zu müssen, bist du noch dran? Ich spekulierte jetzt darauf, wie sehr Selma alles Fäkale entsetzte: vielleicht ließe sich das Gespräch damit beenden, bevor sie mich ganz in den Fängen hätte, nur reagierte sie unerwartet. So was muss auch sein, sagte sie und brachte mich damit so weit, ihren Namen in den Mund zu nehmen. Selma, flüsterte ich, was redest du da? Und darauf sie, ebenso leise: Danny, ich habe eine Überraschung für dich.

Haben dir das die Anwälte geraten?

Wir brauchen keine Anwälte.

Wir brauchen keine Anwälte? Was ist das für eine Überraschung, Selma?

Morgen, wenn wir uns sehen.

Wir sehen uns schon morgen?

Wenn's dich nicht stört.

Es stört mich nicht, warum soll es mich stören?

Hat dich nicht auch der Gedanke gestört, dass in meinem Bauch etwas heranwächst, das mit dir zu tun hat?

Selma zog noch Luft in die Nase, ein feiner Ton von Empörung, der in mein Ohr drang, dann legte sie einfach auf. Und dabei hätte es mich gar nicht gestört, wenn bei ihr wirklich etwas herangewachsen wäre infolge meines Beitrags; es hätte mich nur sehr erschrocken. Oder ist es nicht erschreckend, wenn in einem Bauch ein Teil unserer selbst immer größere Ausmaße annimmt und am Ende zu einer besseren Ausgabe wird: in meinem Fall charakterfest und potent schon mit zehn, wenn das Original, also ich, bereits fünfzig wäre. Und ich stellte mir, in der Stille des Badezimmers – das Ächzen aus anderen

Badezimmern hatte aufgehört –, ein Geschöpf vor, das mich schon geringschätzig ansehen würde, wenn ich ihm noch den Mund abwischte, ein großes gefährliches Baby. Dem ich später, wenn es älter wäre, ein Kerl von siebzehn, nichts weiterzugeben hätte außer dem Rat zu einem Sparbuch, egal wie es rundherum boomt, und eventuell noch die Erkenntnis, dass man im Leben nicht mehr Sex haben sollte als Liebe, was einem Siebzehnjährigen so idiotisch erscheint wie zwei Prozent Zinsen. *All you need is cash*, würde er mir vorsingen und damit seine Großmutter zur Raserei bringen. Nein, es war gut so, dachte ich in der Nacht, bevor Selma mit der Überraschung auftauchen sollte; es war nur nicht gut, was da in meiner Abwesenheit vor sich ging.

39

Tobi, Arschloch. Es war ja nicht sein erster Sprung in ihr Bett, mein alter Schweinepartner hatte sich schon einmal zur Stärkung ihres Selbstvertrauens hergegeben. Ich war in Stuttgart (Zuffenhausen), um den neuen 3RS zu holen, das Geschoss, das in vier Sekunden auf hundert kommt, und Selma hat es mit Tobias von Treusch getrieben, nur eines kleinen Vons wegen, bestimmt nicht wegen seines kleinen Dings, von dem sie später in einem Ehrlichkeitsanfall erzählt hat. (Hi, Tobi, ich hoffe, es macht dir nichts, dass hier dein Spielzeugporsche vorkommt: Geradezu kindlich klein, sagte Selma nach fünf Mojitos, um ihren Ausrutscher abzuschwächen. Ein kleiner harter Bleistift, sagte sie weinend. Aber dafür, Tobi, waren deine Boni noch fetter als meine: du warst der größere Hund, und ich hatte den größeren Porsche, gerade noch liebenswert lang, und was den Umfang betrifft, so hat Selma gelegentlich ihre Piaget um die Wurzel geschnallt, für mich auch eine Möglichkeit, beim Sex die Zeit im Auge zu behalten; sie hat übrigens den Meinen gern als Hochwürden bezeichnet – du kennst ja ihren katholischen Background –, was schon anders klingt als *kleiner Bleistift*, aber Hauptsache, du hast Spaß.) Ich hatte nach Kim IV geläutet (der Nacht-Kim), damit sie mir aus der Wanne half, mich abtrocknete und zum Bett brachte; und dort das übliche nächtliche Schreiben, bis die Müdigkeit kam; ich drohte schon im Sitzen einzuschlafen, als das Telefon erneut klingelte.

Es war Helene, und als Erstes sagte sie *Scheiße*, auf ihre feine mädchenhafte Art: Sie hocke seit einer Ewigkeit auf dem Klo und ich bestimmt auch – ob man sich nicht zusammentun sollte. Natürlich war das spaßig gemeint, aber bei ihr war man sich nie sicher, auch wenn die Mehrzahl ihrer Leser den Hämorrhoidenrenner ebenfalls spaßig nahm (für Günter soll es sogar ein lustiges Kinderferkelbuch gewesen sein, nur durfte er das nicht schreiben, vielleicht deshalb sein Sprung aus dem Fenster). Vielleicht gehe das ja auch telefonisch, erwiderte ich, aber da war Helene – es gab einfach Schwingungen zwischen uns – ebenfalls bei ihrem Buch: das jetzt schon in Amerika Furore mache. Sie halten mich dort für Grass' verdorbene Enkelin, rief sie, und ich versuchte uns beide von dieser Vorstellung abzulenken, indem ich von Selma erzählte. Selma ist schon hier, sagte ich, sie betreut den Autor, der am Sonntag bei uns liest, und ich weiß nicht, wie ich ihr begegnen soll, wenn sie morgen bei mir auftaucht. Außerdem hat sie von einer Überraschung für mich gesprochen.

Dann muss man mit allem rechnen, sagte Helene – liebst du sie noch? Mit einem Hauch von Eifersucht kam diese Frage und von meiner Seite nur Schweigen, um mich nicht festzulegen, und von ihr der Rat, es herauszufinden, so rasch wie möglich, am besten mit ihrer Hilfe. Warum machen wir nicht etwas zu dritt, schlug sie vor, wir könnten morgen Abend zusammen essen.

Und weiter?

Das wird man sehen.

Ich hörte Rascheln von Papier und ein Wischgeräusch, dann die Spülung und leises Nachrauschen, eine Art Kammermusik, die mir Gelegenheit gab, an Selma *und* Helene zu denken, sie mir als Paar durch den Kopf gehen zu lassen, mich eingeschlossen. Ich dachte an den klassischen Dreier, der ja noch mehr den ganzen Mann verlangt als jede übliche Nummer, wie einen die Videokabinen lehren. Und die Dinge nach unserem Essen, wo sollen die stattfinden?, fragte ich, um das Projekt schon etwas voranzubringen, worauf Helene, als hätte sie alles bereits durchgespielt, den Geräteschuppen nannte, mehr aber nicht ins Detail ging. Stattdessen stöhnte sie leise und wünschte mir, noch wundervoll leiser, gute Nacht und gute Besserung, wie Ursel, als ich noch klein war und fiebrig in der WG-Küche lag, fiebrig bis in den blassen Zipfel inmitten von vier Frauen mit Farbe zwischen den Beinen (unvergessen: das gelbe Stroh bei Ingeborg, das dunkle Moos bei Doro, die Kükenfederchen bei Bea und der Herbstbusch bei meiner Mutter).

40

Den nächsten Tag verbrachte ich im Bett, wie etliche im Waldhaus. Der Durchfall hatte sich herumgesprochen, und statt des Frühstücks brachte Kim II einen grünen Tee und vier Tabletten, als sei man auf den Vongoohle-Fall vorbereitet gewesen. Die Krämpfe hatten sich gelegt, aber Mattheit und Schüttelfrost machten mich noch schonungsbedürftig: mir gar nicht so unrecht, wenn ich an Selma dachte. Außerdem versäumte man an einem Samstag nichts, es gab keine Visite und keine Massage, keine Gruppensitzung und keinen Besuch von Pfarrer Zitt, der seine Energien für den Tag des Herrn aufhob. Also hatte ich alle Zeit der Welt, um wieder zu Kräften zu kommen: für die Sache im Geräteschuppen, wie auch immer Helene sich die Einzelheiten mit einem Mann wie mir vorstellte.

Seit meiner Kindheit hatte ich diesen Zustand genüsslichen Leidens nicht mehr erlebt, es hätte mich kaum überrascht, wäre Ursel plötzlich hereingeschwebt, Räucherstäbchen in ihrer Jimmy-Hendrix-Frisur und einen Finger an den Lippen, um Dannymann gute Nacht zu sagen. Ich dämmerte dahin, halb fröstelnd, halb schwitzend, in Gedanken bei einer Jahrhundertrendite, als Prophet aller Kurse, die Welt von seiner Yacht aus lenkend. Ein Schwanken war das zwischen Schlummern und Träumen, ein Hin und Her zwischen Gedanken und Bildern; mal war ich Retter in der Krise und spannte einen Schirm über ganze Länder, mal war ich ihr alleiniger Verursacher und sollte für alles aufkommen, mit meinem letzten Hemd. Von Wörtern und Buchstaben träumte mir, wie sie krachend von Fassaden stürzten und mich begruben, von Hybris Real Estate und Fannie Lehman, UBS und KFB, LBS und IFB, und am Schluss war alles eins, ein Chaos aus geborstenen Zeichen, ich mittendrin, voller Splitter in sämtlichen Farben, in der Hand das Einzige, was noch half: mein Passwort zum Cayman-Depot. Und das noch vor Augen, fuhr ich am Nachmittag aus dem Schlaf, nur dass die Hand dann leer war.

Mit rasendem Herzen, aber nicht mehr so matt, eher benommen, saß ich im Bett und dachte an dieses Wort, das alles angenehm machte, auch in größter Krise, und hatte plötzlich Angst, ich könnte es vergessen. Alles hing ja an dem Passwort, und ich stellte mir vor, wie es einfach aus meinem Kopf verschwand: jederzeit möglich, wenn einem schon ganze Bettgeschichten abhandengekommen waren, Frauen mit Vor- und Zunamen, die ich begehrt hatte. Und wie von selbst gingen meine Gedanken bei dieser Sorge nach Bengaluru, bis ich kurzerhand zum BlackBerry griff und eine Quicktaste drückte, auf der einfach nur *Z* stand, von mir selbst dort eingeritzt für den Notfall.

Zaibunissa. Noch nie hatte sie sich mit dem Vornamen gemeldet, immer nur mit *Worldwide Assistance Center Mrs. Singh*, und wenn sie unter Druck stand, auch mit *W. A. C.*

Singh, doch an diesem Samstag schien sie eine Art inneren Purzelbaum zu schlagen, um allerdings gleich mit einem *Good evening, Sir* wieder auf die Beine zu kommen, Beine, die ich mir zimtfarben und schlank vorstellte, nur im oberen Bereich etwas ausladend, aber gebändigt durch ein straff um die Hüften geschlungenes Tuch. Ich erwiderte den Gruß, und Zaibunissa fragte, was sie heute für mich tun könne, ebenfalls abweichend vom Protokoll. Danach entstand eine Pause zwischen dem Waldhaus und Bengaluru oder Mr. Deserno und Mrs. Singh, und mir wurde bewusst, dass ich gar keinen Auftrag für sie hatte, jedenfalls keinen klaren. Sie sollte nur das Passwort verwahren, für den Fall, dass mein Gehirn versagte und damit auch alle Nebenhirne, die es, gesichert durch andere Passwörter, gespeichert hatten, und ich nannte das Wort, ohne jede Erklärung, und sie notierte es. *Something else, Sir?* Ganz direkt, als säße sie, klein und gefangen, im BlackBerry, kam diese Nachfrage, und auf einmal wurde mir klar, was sie noch tun konnte: mir irgendwie helfen, die drei Frauen, die sich spätestens morgen um mich zusammenballen würden, Ursel, Helene und Selma, in eine Balance zu bringen, wie Monde um einen Planeten, den sie in sicheren Bahnen umrunden, ohne sich je zu begegnen. Und von der anderen Seite jetzt ein diskretes Räuspern, das einer Dame, die ihren Mann auf einen Toilettenfehler hinweisen will – und danach eine Bemerkung, die schon fast ein Vorschlag war. Falls es um Blumen ginge: die Läden in meiner ländlichen Umgebung machten bald zu. Und schon gab ich drei Bouquets in Auftrag, für drei ganz unterschiedliche Frauen: das erste für eine distanzlose Mutter, als duftender Puffer, das zweite für ein bedrücktes Wunderkind, als buntes Fest des Lebens, und das dritte für eine Kulturqueen zwischen Schuldgefühlen und Ehrgeiz. Ich umschrieb die Begriffe und gab noch Beispiele aus der Filmwelt, aber Zaibunissa schien alles verstanden zu haben. Sie unterbrach mich sogar mit einem leisen *I got it*, und danach war nur noch zu klären, dass die Bouquets im Laufe des morgigen Vormittags überbracht werden sollten, jeweils mit denselben drei beigefügten Worten: Ein stiller Verehrer.

A silent admirer, wiederholte sie halblaut, und in ihrer Stimme schwang etwas mit, das alles andere um mich in eine gleichgültige Ferne rückte, auch das Klingeln an meiner Tür, die sich ja tagsüber einfach öffnen ließ.

41

Danny? Kann ich rein? Ich bin es, Selma! Erst bei ihrem Namen gab es keinerlei Ferne mehr, und ich hauchte noch ein *Bye* nach Indien und stellte das Gerät dann gleich ganz ab, während es schon klackte auf dem Parkett im Entree: nur nicht so schnell wie erwartet, eher etwas schleppend. Danny, wo bist du? Offenbar war sie nervös. Hier, sagte ich, und auf einmal stand sie im Raum, das brünette Haar hochgesteckt, die Ohren transparent in der schon niedrigen Sonne, den Mund leicht geöffnet, die Augen hinter einer schwarzen Bulgari: Selma, Selma, Selma, ganz in Seide, wie von Wind gebauscht vor dem

Bauch, nur dass in der Suite kein Lüftchen ging. Sie war mindestens im siebten Monat. *Ja, Danny, ja,* sagte sie ohne Triumph.

Ich griff mir in die Haare, noch nass und verwühlt nach dem Fieberschlaf, ich versuchte meine Gedanken zu ordnen, aber da war gar keine Unordnung, im Gegenteil, da lief alles auf einen Namen hinaus. Tobi?

Ja, sagte Selma. Brauchst du einen Kamm?

Ich brauchte keinen Kamm, mir reichten die Finger und etwas Wasser, das auf dem Nachttisch stand, und während ich noch mein Ansehen hob, soweit es möglich war in dieser Lage, hob Selma das seidene Kleid, immer noch die Sonnenbrille über den Augen. Sie trug Strumpfhosen, durchaus normal am ersten November, obwohl, wie gesagt, die Sonne schien, ein klarer Spätnachmittag; nur war ihr Bund zum Platzen gespannt, über einem Eigenleben des weiblichen Leibes, das ich niemals für möglich gehalten hätte. Selma war so schwanger, dass mir die Worte fehlten. Ich konnte nur noch auf diese Wölbung schauen, in einer Weise rund, als hätte sie einen Ball verschluckt oder als wäre sie an der betreffenden Stelle aufgepumpt worden. Ja, Danny, ja, sagte sie wieder, und ich versuchte mich – alte Gewohnheit aus der Schweineabteilung – an Zahlen zu halten. Siebter oder achter Monat?, fragte ich, und über Selmas Gesicht ging ein Lächeln, gleichzeitig schob sie sich die Bulgari ins Haar.

Vierzigste Woche.

Die Zahl verwirrte mich, mir war nur die Monatseinheit bekannt, aber der Banker in mir berechnete schon, was es zu rechnen gab. Es war zumindest nicht passiert, als ich in der Urologie lag; sie hatte gewartet, bis ich im Waldhaus war, und eigentlich musste sie jeden Augenblick niederkommen, wenn dieser Ausdruck hier passt. Vielleicht setzt du dich besser hin, sagte ich, aber Selma hatte ihren eigenen Kopf, mehr denn je. Sie trat an mein Bett, noch immer das Seidenkleid hochgestreift, eine Hand auf der Halbkugel. Er bewegt sich gerade, willst du mal fühlen?

Nein, wozu.

Wozu? Selma war fassungslos oder gab sich so, sie ließ das Brillenvisier wieder herunter und auch das Kleid und schob meinen Rollstuhl ein Stück durch den Raum, als wollte sie sich mit dieser Aufgabe schon einmal vertraut machen. Und du kannst wirklich nicht gehen?

Nein. Und das andere auch nicht. Sagtest du *er*?

Ja. Alexander.

Alexander?

So wird er heißen. Wie alle Sieger.

Es haben auch schon Alexanders versagt.

Ich kenne keinen, sagte Selma, und es klang eher trotzig als fundiert; wie die meisten Frauen war sie ja nicht sehr fest in Geschichte, nur was die Emirate anging, sondern zog ihre Kenntnisse aus historischen Serien, die sonntags im ZDF liefen; andererseits fiel auch mir keine namhafte Alexander-Niete ein, und Selma schien diese Balance zu spüren. Sie setzte sich an mein Bett, nahm die Brille jetzt endgültig ab und sah mich an. Zeig ihn mir.

Selma?

Du hast mich verstanden.

Tatsächlich? Ich rückte ein Stück, weil sie den Oberkörper in Richtung Kopfteil zurücksinken ließ, um der Halbkugel mehr Raum zu geben. Und wieder ihr Räuspern, nun aber ungeduldig, und da schlug ich die Decke zurück und holte mein Wrack hervor, klein und verklebt wie ein aus dem Nest gefallenes Vögelchen. O Gott, flüsterte Selma. Sie drehte sich weg und nahm ihr Gesicht in die Hände, was man noch als Theater auslegen konnte; doch ließ sie die Hände dann an den Wangen heruntergleiten, bis sie sich unterm Kinn trafen und Finger für Finger flach aufeinanderlagen, als würde sie beten; ja, sie schien sogar zu beten, jedenfalls bewegten sich ihre schönen Lippen. Himmel, verzeih mir, murmelte sie, während ich daran dachte, dass Kim III jeden Moment auftauchen müsste, um mich zum Abendessen fertig zu machen. Da kommt jetzt gleich eine koreanische Schwester, sagte ich. Sie hilft mir beim Anziehen für das Dinner.

Selma stand auf, das Gebet für ihr Seelenheil oder auch meine Genesung war zu Ende. Das könnte ich doch *auch* tun, und dann essen wir gleich zusammen.

In dem Fall wären wir zu dritt am Tisch.

Wenn die Person nett ist.

Sehr sogar, sagte ich. Nur etwas schwermütig. Eine junge Autorin. *Die* junge Autorin. Die mit dem Pobuch.

Selma fasste sich an den Hals und ging zur Balkontür, etwas nach hinten geneigt, wie die Fettleibigen, die ihre Füße suchen; sie zog die Tür auf und schnappte nach Luft. Ob sie ärztliche Hilfe brauche, rief ich, da fuhr sie herum, als läge ich mit Helene im Bett. Habt ihr zwei was?

Wie denn?

Sorry, sagte sie, tut mir leid, ich vergesse das immer. Hast du ihr Buch gelesen?

Schon in der Urologie.

Und?

Interessant.

Selma hob einen Finger und bewegte ihn hin und her, eine Tantengeste, die mich immer gestört hat. Nicht interessant: moralisch. Die Autorin ertrotzt sich mit ihrer Offenheit, und darin liegt die Moral, eine eigene Würde.

Und das mit zwanzig, sagte ich.

Die Kleine gefällt dir, was? Selma kam zum Bett zurück, sie wirkte aufgewühlt, man hätte um ihre Fruchtblase fürchten können, aber es war nur die Eifersucht.

Ich sagte doch, sie ist nett.

Humbert nannte sie in seiner Kritik ein sexbesessenes kindliches Monster, das von denen geliebt werden will, die es erschaffen haben.

Woher weiß er das?

Menschenkenntnis, sagte Selma, wie immer voller Bewunderung für jeden, der sich zwischen Wirtschafts- und Sportteil ihrer Lieblingszeitung, die auch die meine war, breitzumachen verstand. Humbert ist eben Humbert! Selma lachte, ihr kurzes schneidendes Auflachen, und plötzlich hatte sie wieder Oberwasser, als stünde ihre Anwaltstruppe dabei, und dann beugte sie sich auch noch zu mir, für ein paar Worte, die sie nur zwischen

Lippen und Zähnen auf kleinstem Raum zu bilden schien, mit einzelnen Buchstaben, etwa dem S oder F, wie die Laute winziger Tiere: mückenhaften Vögeln, die aus ihrem Mund in mein Ohr schossen. Wir machen uns jetzt fein, Danny!

42

Und zum festlichen Samstagabenddinner – wieder nur im Sparkerzenlicht, das aber Selmas Bemühen um mein Äußeres hervorhob – lag auf der Weinkarte eine schriftliche Entschuldigung für alle Unannehmlichkeiten infolge des gestrigen Essens, unterzeichnet von der Schampus-Campus. Angeblich waren es gar nicht die Vongole, sondern eine Fertigmayonnaise, eingekauft ohne Wissen der Direktion, was natürlich gelogen war und den finanzpsychologischen Druck, unter dem das Waldhaus in diesen Tagen stand, deutlich machte; gleichwohl hatte sich die Leitung zu einem Wiedergutmachungsmenü an dem Abend entschlossen, plus einem Glas Franciacorta für alle.

So gab es als Vorspeise *Uova Affogate ai Tartuffi*, also verlorene Eier mit weißer Trüffel, von Selma sofort laut bestellt, nicht sehr taktvoll im Hinblick auf mich, während Helene das *Carne Cruda all' Albese* bevorzugte, Tartar mit Trüffel. Ich saß zwischen den beiden, im Blick den Patienten mit der Wangenblessur, der in den letzten Tagen etwas aufgeblüht war, wie mir schien. Ein piemontesischer Abend, sagte Selma, so steht es auf der

Karte. Was für ein stilvolles Haus, warum benutzt du deine Serviette nicht, Danny? Schon vor unserer ersten Nacht im Savoy hatte mich Selma zu Tischmanieren angehalten, sie schwelgte in ungeschriebenen Regeln noch mehr als in geschriebenen und hat sogar selbst welche erfunden, die zehn kleinen Regeln im Bett, und Stil war im Übrigen eins ihrer Lieblingsworte. Ich band mir also die Serviette um, während mich Helene unter dem Tisch mit dem Fuß anstieß; unser Dreier schien in weiter Ferne zu sein, dafür gab es als zweiten Gang die Gemüsesuppe aus Novara oder ein *Risotto al Barolo.*

Das nehme ich, sagte Selma – und du? Sie sah mich an, als wäre Helene gar nicht am Tisch, noch eine Taktlosigkeit, und dabei ergänzten sich beide so gut, jedenfalls optisch. Selma hatte etwas festlich Pompöses in dem geblähten Seidenkleid, und Helene trug an dem Abend eine Art Kutte in schlammigem Grau, aber mit einem ganz reizenden weißen Kragen; und nach dem Risotto kam endlich auch die Unterhaltung zwischen ihnen in Gang. Sie sprachen über den sogenannten Kulturbetrieb, mit dem beide zu tun hatten, offenbar so etwas wie die Schweineabteilung, nur ohne Gewinn: Ein einziger Lotterhaufen, sagten sie in kurzen Abständen. Ich konnte dem nur staunend zuhören, immer wieder mit Seitenblicken auf den runden Beweis der erfolgreichen Tätigkeit meines Expartners, nämlich Selmas Bauch, von Helene bei der Begrüßung nur mit einem leisen *Oh!* kommentiert; ihr Takt war umwerfend, und von Stil hielt sie gar nichts. Regel Nummer acht (zwischen Risotto und Fleischgang unter dem Tisch festgehalten): Sprache ist ein Instrument wie Klavier oder Geige; beim Schreiben zählt nicht der Stil, es zählt nur der Ton.

Erst im Laufe des Hauptgerichts kamen wir alle drei ins Gespräch, bei einem *Bollito Misto* aus Rindfleisch von der Schulter, gepökelter Kalbszunge sowie einer jungen Poularde und frischer Schweinswurst mit Knoblauch, Zutaten, die der Chefkoch in Klammern aufgeführt hatte, sicher auf Geheiß von oben. Ziemlich scharf, so eine Kalbszunge, sagte Helene und meinte nicht den Geschmack, und Selma wollte etwas Entsprechendes beisteuern, kam aber nur auf die armen Kälbchen, die für unseren Genuss hätten sterben müssen, worauf ich über Zungen im Allgemeinen sprach, das Anziehende und zugleich Abstoßende daran. Irgendwie war es ein Herumreden um den heißen Brei, den unseres Dreiers, was dann in Verbindung mit dem Dessert, von Giuseppe stolz als *Zabbejoohne* präsentiert, ins Gegenteil umschlug. Wir hatten alle dieselbe Nachspeise bestellt, und so kam die schaumigsüße Creme, frisch geschlagen, auch in einer einzigen Schüssel auf den Tisch, damit sich jeder seine Schale selbst füllen konnte, nur kam es gar nicht so weit. Ohne ein Wort, als wäre der Dreier bereits im Gange, beugten wir uns über die Schüssel und begannen zu löffeln – *gierig* wäre das falsche Wort: wir fielen über den Eierschaum geradezu her, besonders Helene, die Selma und mich damit ansteckte. Es war ein einziges Tunken und Schlecken, Panschen und Schlürfen, das den süßen Schaum nur so aufspritzen ließ, bis Selma plötzlich die Serviette vor den bekleckerten Mund nahm. Sie gab mir zwei kleine mahnende Tritte und hielt sich dann an eine ihrer Regeln, die in keinem Buch stehen, angefangen mit einer Hand auf Helenes Arm. Meine Liebe, sagte sie halblaut, wo sind Sie denn mittlerweile gelandet mit Ihrem Buch, bei achthunderttausend?

Und wieder ein Fuß an meinem Knöchel, jetzt der von Helene, hilfesuchend, und ich beugte mich zu Selma, die noch etwas Zabaione am Kinn hatte. Hast du in diesen Tagen nicht schon genug große Zahlen gehört?

Aber es ist eine Erfolgszahl, Danny, vielleicht die einzige in der Krise. Eine Million?

Eins Komma drei Millionen, flüsterte Helene, als wären damit ihre Schulden gemeint. So viele haben sich schon schiefgelacht bei dem Buch.

Ich habe *nicht* gelacht, sagte Selma. Ich habe bei den letzten Seiten sogar geweint.

Und dieses Eingeständnis und für mein Gefühl Zugeständnis schien Helene mehr zu bedeuten als jede Zahl; sie drehte noch einmal auf und machte dem Herumreden um den Brei ein Ende. Mit leiser, aber fester Stimme entwickelte sie ihre Idee für den morgigen Tag, die einer Zusammenkunft im Geräteschuppen, natürlich mit Rücksicht auf meine und Selmas Verfassung, und schlug dafür die Zeit während der Truchseß-Lesung vor: wir seien dann am ungestörtesten, und was würde man schon versäumen, gemessen an dem, was man sich geben könnte.

Man würde einen unserer Größten versäumen – Selma hielt sich den Bauch, sie sah mal zu mir, mal zu Helene, noch immer den gelben Schaumspritzer am Kinn –, aber vielleicht wirst du mal etwas deutlicher, ich darf doch *du* sagen?

43

Fast schon eine Bitte war das, und mit dieser fragenden Bitte oder bittenden Frage war eine Art Startschuss gefallen, wie mir später im Bett klar wurde, ich wusste nur nicht, wofür. Beide Frauen waren übrigens so nett gewesen, mich noch bis vor die Suite zu schieben, wo Kim IV schon bereitstand; Helene hatte mich auf die linke Wange geküsst und Selma auf die rechte, jeweils von hinten, während die kleine Koreanerin noch rasch eine der Glühbirnen im Flur gegen eine Sparlampe tauschte, was eigentlich Sache des Hausdieners war, den man offenbar freigestellt hatte.

Trotz piemontesischem Abend und Franciacorta für alle war das Eindringen der Krise jetzt unübersehbar. Es ging abwärts, allenthalben, wie sollte man da noch gesund werden? Und doch ließen die Zeichen von Durchlässigkeit in den beschützenden Mauern des Waldhauses nicht den Gedanken aufkommen, dass diese Nacht zum zweiten November, dem Sonntag, an dem Selma, Helene und auch noch Ursel zusammentreffen würden, meine letzte in der Kurklinik sein könnte – obwohl ich bis zum Morgengrauen noch keinen Schlaf gefunden hatte, vielleicht aufgrund einer Vorahnung. Aus dem nahen Wald – lächerlich, aber wahr – kamen schon Kuckucksrufe, als ich mir immer noch Gedanken machte, wie dieser Tag zu überstehen wäre. Ja, ich fragte mich sogar, wie es darüber hinaus mit mir weitergehen sollte, ob diese ganzen in meinen Laptop gehackten Dinge einen Sinn hätten und zu einem Buch führen würden und damit womöglich zu einer neuen Karriere, auch wenn Wörtervermehren lange nicht so viel Spaß machte wie Dollarsvermehren. Da war ja zum Beispiel bei jedem Blitzabschluss mit dem Druck auf die Entertaste der Anfang von Wagners Walkürenritt aus meinem Gerät gekommen, an manchen Tagen fast im Minutentakt, und beim Schreiben bleibt alles still. Aber vor dieser Stille hatte mich schon der Nachtseitenautor gewarnt.

Wer scheiben will, muss es ertragen, langsam vor Stille verrückt zu werden, sagte er einmal, was ich mir keinesfalls zu eigen machen wollte und schon gar nicht zur Regel. Aber er sprach auch gern von Talent: Talent, sagte er bei einem Drink im Kaminfoyer, heißt, wie viel Scheiße steckt in einem und wie viel Gold lässt sich daraus spinnen! Ein überzeugendes Bild, fand ich, und dazu passte, was Selma auf einem unserer Flüge erzählt hatte: dass er über die Kulturstiftung herzog und über jeden, der von ihr lebte. Sie hatte ihn einmal in seiner Wohnung besucht, um ihm die Hilfe der Stiftung anzubieten, und war auf einen Mann im Bademantel zwischen lauter Büchern gestoßen, die sogar in der Küche herumlagen, neben Golden Toast und Müllers Milchreis und billigem Dosenbier; er konnte ihr nicht einmal Kaffee anbieten, er stellte ihr Wasser und Zwieback hin, während er filterlose Roth-Händle rauchte, das alles aber in einem Bademantel von LeCoultre, wie man ihn nur geschenkt bekommt: für Selma der Beweis, dass es wenigstens eine Person gab, die ihn mochte. Wie ein silbriger Hahn sei er auf und ab geschritten, tiefe Falten auf der Stirn, als würde ihn sonst etwas umtreiben, nur um dann nein zu sagen und eine alte Schallplatte aufzulegen, *Capri c'est fini*. Das Lieblingslied der größten Französin, soll er gerufen haben, Autorin des dunkelsten kleinen Buches, das es gibt! Selma wusste nicht, was er gemeint hatte, trotz ihrer Bildung in diesen Dingen, aber ich wusste es, bevor ich in der Dämmerung einschlief, und war sehr stolz.

Und geweckt haben mich dann die Strahlen einer ganz und gar nicht novembrigen Sonne, nur von Föhnschleiern ein wenig abgeschwächt. Mein Pyjama klebte, alles war nass, und ich fror, obwohl es warm war im Zimmer. Die Sonne hatte mich aus einem Traum geholt, der immer noch kleine Albwellen aussandte, wie ein Wetterleuchten hinter den Augen. Selma und Helene knieten vor meinem Rollstuhl, unter der Aufsicht von Ursel. Sie leckten mich auf dem Höhepunkt der sonntäglichen Agonie, was so aussah, als machten sich beide über eine Eiskugel her. Ihre Zungen trafen sich, und sie saugten an meiner Kuppe, die nach den Seiten hin kleine Zipfel bildete wie eben Eiskugeln, Zipfel, die zwischen den Lippen verschwanden und die Kuppe, ohne jeden Schmerz, immer weniger und weniger werden ließen, bis nur noch ein himbeerrotes Spitzchen zwischen der Haut – Haut wie die auf heißer Milch – zu sehen war und sich die beiden, Helene und Selma, unter dem Applaus von Ursel auch noch über den Rest hermachten und er sich in Fäden und durchsichtigen Hautbrücken ablöste, bis nichts weiter übrig war als eine Art Aushöhlung, auf die ich hinabsah, während Ursels Applaus immer heftiger wurde und ein schreckliches, wie der Hölle entnommenes Wort aus ihrem Mund kam. *Dannyfötzchen,* hatte sie gerufen: das lag mir noch im Ohr, als im Kurort die Glocken zu läuten begannen, und ich stellte mir wie unter Zwang meine letzte Stunde vor, getröstet von einer schönen, vernünftigen Polin, der Frau, die mich zuvor gepflegt und auch sonst versorgt hatte; sie saß an meinem Bett, ich hörte sie von der schwarzen Madonna erzählen. Bis zuletzt würde sie alles für mich tun, als Dank für eine MasterCard. *Maria* dürfte das letzte Wort sein, das an mein Ohr dringt, dachte ich noch, bevor Kim I hereinkam und mit ihrem Staubsauger alle Dämonen dieses Morgens vertrieb.

Und bald darauf war gelüftet und das Bettzeug geschüttelt, mein Gesicht abgetrocknet und die Kleidung für den Tag hingelegt, neben der Sonntagszeitung meiner Wahl und einer kleinen Tablette, die man im Waldhaus gern morgens schon nahm, um vor der Strecke bis zum Abend nicht gleich in die Knie zu gehen – von mir in weitem Bogen durch die offene Balkontür in die Föhnluft geschleudert, als Auftakt zu diesem Allerseelensonntag, wie ich der Zeitung entnahm: mit zwei fetten Schlagzeilen unter dem Datum, jede alarmierender als die andere.

Erschütterung auch in der Schweiz!, stand da mit Ausrufezeichen, und gemeint war keine respektvoll erschütterte Bankwelt nach einem Todesfall; kein großer Eidgenosse war gestorben, etwa ein Dichter vor Ermattung, sondern ein altes Prinzip: das des Ewigstabilen, das Anlegern so viel Vertrauen eingeflößt hatte. Und die andere Zeile fuhr mir ohne Umweg über den Kopf in den Magen: *Hurrikan Andrea vor den Caymans*. Klima und Geldströme schienen sich endgültig gefunden zu haben, vielleicht auch Ursache für die Föhnlage: wie eine Abwärme von verbrannten Milliarden. Ich blätterte zur Wetterkarte und sah mir die Isobaren an und überschlug gerade die Chance für eine Drehung nach Kuba, wo der Sturm kein Paradies davonfegen könnte, als Kim II mit dem Frühstück kam, an Sonntagen immer besonders reichlich, mit frischem Orangensaft und Kräuterrührei. Doch dann stand Ursel plötzlich da, hinter Kim II hereingerauscht, in der Hand das Bouquet, das Zaibunissa auf den Weg gebracht hatte, und unter dem Arm die alte Nietzsche-Ausgabe von Günter.

Dannymann, rief sie atemlos, heute früh wurde im Hotel dieser Strauß für mich abgegeben – von einem stillen Verehrer, hier steht es. Und ich habe schon einen Verdacht, willst du ihn hören? Sie bat Kim II um eine Vase und hielt den Strauß jetzt wie ein Baby – ferrarirote Rosen, durchsetzt mit wildem Wein und dunkler Bougainvillea, eingefasst von einem Samtband: ein floristisches Kunstwerk, hinter dem indischer Geist stand. Ich denke an meinen Hotelnachbarn, sagte Ursel, den scheuen Dr. Humbert.

Wieso scheu?

Sonst hätte er sich direkt an mich gewandt. Aber das wird er bei der Lesung nachholen.

Ursel legte die Nietzsche-Ausgabe auf mein Bett, und ich nutzte ihre Stimmung, um auf Selma zu kommen. Dieser Autor, sagte ich, Truchseß, lebt ja von unserer Kulturstiftung, und du weißt, wer dort die Schriftsteller betreut und ihnen gut zuredet vor jeder Lesung.

Sprichst du von der Frau, die dich hierher gebracht hat?

Ich spreche von der Frau, die ich geliebt habe, bis ihr die Hand ausrutschte. Sie wohnt im selben Hotel wie du, allerdings in einem billigeren Flügel, darum seid ihr euch auch nicht begegnet. Und Selma wird heute Nachmittag hier sein, vor der Lesung und nach der Lesung.

Und währenddessen? Trefft ihr euch etwa?

Meine Mutter besaß den Instinkt einer alternden Diva, wenn es um Liebesdinge hinter ihrem Rücken ging, aber sie ließ sich auch gern davon ablenken. Dr. Humbert ist sehr charmant, sagte ich mit Blick auf die Blumen.

O ja, ich finde dieses Wort zwar scheußlich, aber auf ihn trifft es zu. Alte Schule, oder? Ursel setzte sich auf die Bettkante, sie kostete von meinem Rührei, und ihr Blick fiel auf die Zeitung. Hast du mir was zu sagen, Danny?

Die Caymans werden nicht gleich untergehen. Dein Alter ist gesichert.

Und deins? *Ich* war immerhin im öffentlichen Dienst.

Es gibt ja auch noch die Schweiz.

Vielleicht nicht mehr lange, sagte Ursel und nahm noch etwas Rührei, obwohl sie sicher im Hotel schon gefrühstückt hatte. Was habt ihr bloß angerichtet, Danny!

Wir haben nur unsere Arbeit getan.

Und die Welt ist jetzt pleite.

Nicht die ganze. Willst du auch Kaffee?

Ursel seufzte, und ich goss ihr eine Tasse Kaffee ein, während Kim II den Strauß in eine Vase stellte. Alles wird sich wieder einrenken, sagte ich, und meine liebe Mutter, am roten Mund die Kaffeetasse, kam auf die Caymans zurück. Dieser Hurrikan, Danny, der hat ja den richtigen Namen, wenn ich an Hessen denke. Die Dame wird gleich doppelt zuschlagen. Wie viel hast du auf den Caymans?

Einiges.

Und woanders?

Dito.

In der Schweiz?

Unter anderem. Willst du auch Saft?

Ursel wollte auch Saft, ein ganzes Glas, und ich wollte das Thema beenden; schon das Wort *Schweiz* brachte sie in Konflikt, ich sah es an ihren Augen, aber *Liechtenstein* wäre zu viel geworden. Ursel neigte ja zu Kurzschlussreaktionen, sie hätte womöglich alles verschenkt, was ich ihr zukommen ließ, um die Pension aufzubessern; und es gab nur eine Möglichkeit, ihre Gedanken schlagartig auf etwas anderes zu stoßen. Selma ist schwanger.

Was sagst du?

Sie ist im neunten Monat, aber nicht von mir. Du wirst keine Oma, alles läuft weiter wie immer, okay? Ich griff nach der Nietzsche-Ausgabe – kaum zu glauben, wie viel sich zusammenschreiben ließ in einem Leben –, während Ursel den Saft kippte wie den Fernet auf die Muscheln. Eigentlich auch schade, murmelte sie. Und ist es von deinem Gangsterpartner, diesem Tobi? Ihr Instinkt konnte einen sprachlos machen; ich nickte nur, und da kam eine Hand, wie früher, wenn ich Fieber hatte, auch wenn dieses Bild schon verwendet wurde. Mach dir nichts daraus, Danny, Frauen sind auch nur Frauen.

Und irgendwie sind wir dadurch sogar quitt, sagte ich.

Wie, kein Prozess? Ursel griff sich ins Haar, immer ein Zeichen, dass sie mit sich selber im Streit lag. Selma war eine Frau, im weitesten Sinne also auch eine Schwester, und ich war der Sohn, ihr Fleisch und Blut, und solange sie das in sich klärte – am Ende in meinem Sinne, was sonst? –, warf ich einen Blick in den Nietzsche. Es war eine Ausgabe in blassem Rotbraun, erschienen neunzehnhundertvierundsechzig, als Ursel vermutlich noch unschuldig war, und wie von selbst nahm ich mir den Band *Jenseits von Gut und Böse* heraus und begann darin zu blättern, bis ich auf eine markierte Stelle stieß, markiert mit Bleistift, wie es Günters Art war, so als existierte er gar nicht, um dann aber doch eine Spur zu hinterlassen, seinen blassen Schatten. *Hüten wir uns, bei dem Wort „Tortur" gleich düstere Gesichter zu machen* war da am Anfang von Kapitel sechs, Dritte Abhandlung, fein unterstrichen: *Es bleibt gerade in diesem Falle genug dagegenzu-*

rechnen, genug abzuziehen, – es bleibt selbst etwas zu lachen. Unterschätzen wir es namentlich nicht, daß Schopenhauer, der die Geschlechtlichkeit in der Tat als persönlichen Feind behandelt (einbegriffen deren Werkzeug, das Weib, dieses „instrumentum diaboli") Feinde nötig hatte, um guter Dinge zu bleiben. Hier endete die Unterstreichung mit winzigem Ausrufezeichen, als hätte auch Günter Feinde nötig gehabt, um nicht aus dem Fenster zu springen.

Ich reihte den Band wieder in die überaus einschüchternde Ausgabe ein, die nun mir gehörte, während Ursel schon meine Kleidung bereithielt. Anständige Leute führen auch keine Prozesse, sagte sie und half mir in ein weißes Hemd von Versace, in Hose und Weste von Brioni und die Slipper eines Londoner Schuhmachers, der jeder einzelnen Zehe Rechnung trägt. Sie selbst trug an diesem milden zweiten November über ihrem Trauerzeug ein apricotfarbenes T-Shirt von Prada, das ich ihr nach Entfernung des Labels geschenkt hatte. Dann gehen wir jetzt in den Park und denken über deine Zukunft nach, sagte sie, und ich ließ mir noch einmal unter die dünnen Beine greifen.

45

Ein Sonntag im Badischen, Allerseelen, wie gesagt, dazu schleirig blauer Himmel und ein absurder Föhn; der kleine Kurpark mit letzten verirrten Wespen, mehr kriechend als fliegend, und seinem versteckten Tümpel, durch den Kaulquappen huschten; mit dunklen Ecken, wo es tatsächlich November war, und einer Sonnenterrasse, auf der die Patienten und ihre Besucher ungehemmt Italien spielten: Was hätte einen mehr vom Denken abhalten können?

Ohne ein Wort, nur ab und zu tief atmend, also irgendwie angesteckt von alldem, hatte mich Ursel bis zu dem Tümpel geschoben, wo der Gärtner zu Gange war, wie immer halbnackt, ein Anblick, der sie den Atem scharf in die Nase ziehen ließ, ehe sie kehrtmachte, um geradewegs die Terrasse anzusteuern. Und kaum saßen wir in der falschen Maisonne, bestellte sie bei Giuseppe auch schon das Modegetränk für Situationen dieser Art. Zweimal *Spritz!*, rief meine liebe Mutter, dass alle aufsahen, Besucher wie Patienten, darunter auch eine neue Patientin, etwa in Ursels Alter; sie schien mich irgendwie aus zwei blitzenden Katzenaugen zu fixieren, als wäre ich ihr bekannt oder verdächtig. Mann, Danny, weißt du, wer da sitzt? Ursel nahm meine Hand, was man leicht hätte missverstehen können, und dann legte sie mir auch noch den Mund ans Ohr. Die wurde gerade gefeuert, und jetzt muss sie sich hier erholen.

Zurzeit werden viele gefeuert, na und?

Aber sie hatte eine eigene Sendung, siehst du nie fern?

Nein, warum?, sagte ich, und da nannte Ursel, entgegen allen Waldhausregeln, so deutlich den Namen, dass man am Nebentisch die Köpfe hob. Sie hat meistens langweilige Bücher empfohlen, dafür aber sehr dramatisch. Sie ist eine von uns.

Wurde sie deshalb gefeuert?

Ganz sicher, Danny. Schau dir die Frau doch an! Sie brummt bis hierher.

Und wenn sie *auch* wegen Dr. Humbert da ist?

Ursel sah mich an. Diese Möglichkeit hatte sie nicht in Betracht gezogen, und schon wieder gab es ein Ringen in ihr. Wenn bei normal Veranlagten manchmal zwei Herzen in einer Brust schlugen – Selma steckte voller Goethe-Zitate, um bei den Scheichs zu punkten, und ich habe davon profitiert –, waren es bei Ursel ständig zwei Frauenstatuen. Sie drohte schon ihren Schwung zu verlieren, da brachte Giuseppe zum Glück die Getränke. *Ah, unser Spritz!*, rief sie, und diesmal gingen lauter Arme in die Höhe, und von allen Seiten kam das Wort *Spritz*. An jedem Tisch wollte man jetzt diese farblich an die Nietzsche-Ausgabe erinnernde Mischung aus Aperol, Prosecco und Soda mit Eiswürfeln darin, und die neue Patientin rief den Wunsch sogar über die ganze Terrasse; vielleicht war sie inzwischen Agentin und fixierte mich, weil sie gehört hatte, dass ich schrieb. *Salute*, sagte Ursel, und wir nippten am künstlichen Sommer, während aus der Trauerlatzhose auf einmal *Hey Joe* kam. Das ist Fulda! Wie unter einem Stromschlag sprang meine liebe Frauen-WG-Mutter auf, und ich dachte schon, sie wäre lesbisch geworden und die Freundin hätte den Namen einer Stute, aber dann sah ich ihre Augen, als sie die eingegangene Nachricht las: nicht nur groß wie die eines Pferdes, auch menschlich erfüllt.

Dannymann – Ursel flüsterte jetzt, als ginge es doch um Herzensdinge, die außer mir niemand hörten sollte –, das ist eine Nachricht vom Sonderparteitag meiner lieben verfluchten SPD (es waren *ihre* Worte, die ich später auf Selma angewandt hatte), und zwar eine höchst vertrauliche von einer guten alten Freundin, die sich so schwertut mit dieser Partei und ihrer Vorsitzenden wie ich. Aber es ist auch eine so höchst erfreuliche Nachricht, dass ich sie mit jemandem teilen muss: wirst du bis morgen Mittag die Schnauze halten? Sie fiel in ihren alten Kommunistenjargon, und ich nickte nur, worauf sie meinen Kopf an sich zog, in einer Weise, dass die neue Patientin ihre Lesebrille abnahm, um das sexuelle Drama, Frau mit jüngerem Rollstuhlfahrer, verfolgen zu können. Dannymann, hauchte mir Ursel ins Ohr, *Isch-Basta* wird nicht Ministerpräsidentin. Es gibt jetzt vier Abgeordnete, die ihr aus Gewissensgründen die Stimme verweigern. Sie treten morgen vor die Presse. Und so lange hältst du deine, ja? Fast hätte sie *Fresse* gesagt, nur wegen des Reims, aber dann überwog die Freude, zugleich mit der Sorge, was aus den vieren wohl würde. Man wird sie Abtrünnige nennen, Renegaten, und ich möchte ihnen Blumen schicken. Die dürfen aber erst morgen Nachmittag eintreffen und müssen etwas diskret Bestärkendes haben, fällt dir dazu was ein?

Ja, sagte ich und ließ mir die Namen geben: es war der erste politische Auftrag für Zaibunissa. Und während ich eine SMS an sie schrieb und Ursel auf das Gewissen trank, ihr ganzes Glas Spritz leerte, erschien Helene auf der Terrasse, im Arm den zweiten Strauß, den ich in Auftrag gegeben hatte, wiederum gut gewählt, nämlich Wiesenblumen in sämtlichen Farben, zusammengehalten von einem tiefblauen Band mit Sternchen. Sie trat damit auf die neue Patientin zu und machte eine Art Knicks, wie Leute, die der Queen begegnen. Und die so Geehrte wusste offenbar, wer da vor ihr stand, und wollte sich gerade abwenden, als Helene ihr den Strauß überreichte.

Na, sieh mal da, sagte Ursel, sie nimmt die Blumen sogar an, aber so sind wir richtigen Frauen: mit dem Kopf im Herzen. Noch einen Spritz?

Ich winkte ab, schon von dem einen benommen, was sicher am Föhn lag, meine trinkfeste Mutter zeigte dagegen Giuseppe ihr leeres Glas; sie hatte sich etwas umgewandt und sah jetzt direkt zu der neuen Patientin, die gut in ihre Alters-WG gepasst hätte, mit Büchern, Rotwein und Kater. Und je länger Ursel dorthin sah – Helene hatte sich wieder entfernt, und die Beschenkte zupfte etwas abwesend an dem Wiesenstrauß –, desto mehr schien es in ihr zu arbeiten, bis sie erneut meine Hand nahm, als wären wir ein Paar. Dannymann, ich werde mich mit dieser Frau beraten. Sie hat genug gelesen, um zu wissen, wie du und deine Korkenzieherdame miteinander umgehen solltet.

46

Und nach ihrem zweiten Italodrink – dazu ein Caprese mit Ciabattabrot und Olivenpaste, sie ließ nichts aus an dem Tag – ging meine liebe Ursel tatsächlich an den Tisch der neuen Patientin; ich hatte gar nicht erst versucht, sie von dieser Schnaps- oder Spritzidee abzubringen, ich war nur froh, als die beiden gleich zu einem Gang in den Park aufbrachen, zwei alte Freundinnen, konnte man meinen, sogar irgendwie ähnlich gekleidet; denn wie in einem englischen Bühnenstück tauchte Augenblicke später schon Selma auf, in ihren Händen Bouquet Nummer drei, so als würde es dem Bauch entwachsen. Es war ein Strauß aus gelben und weißen Rosen und einer einzelnen Orchidee, locker umgeben von einem roten Band. Schau, sagte sie, von Truchseß, ist das nicht nett? Wem gehört das zweite Glas?

Meiner Mutter, sie ist im Park. Lag ein Brief dabei?

Nur drei Worte. Ein stiller Verehrer.

Aber das könnte sonst wer sein. Sogar ich.

Du? Selma nahm Ursels Platz ein, das Bouquet auf dem Bauch. Nein, Danny, kein anderer hätte diese Farben gewählt, kein anderer könnte so feine Anspielungen machen. Er schreibt ja auch so. Hast du je was gelesen von ihm?

Ich schüttelte den Kopf, und da erzählte Selma von dem Roman, aus dem Truchseß am Nachmittag lesen würde, und soweit ich sie verstand, ging es darin um eine geheime Liebschaft zwischen Goethe und der Mutter seines könglichen Sponsors. Sie hieß Anna Amalia, aber er nannte sie nur Amalia, und zum Dank oder weil er den Coup doch nicht ganz für sich behalten konnte – ich hatte Tobi auch von jeder Eroberung erzählt –, tauchte sie in einigen Gedichten auf: in Anspielungen, so fein wie die von Truchseß!

Selma kannte die Stellen sogar auswendig und zitierte sie für mich, und immer wenn sie zwischendurch *Goethe* sagte, wurde ihr Mund so spitz wie bei den ersten

Anläufen zum Blasen, als sie noch kein rechtes Vertrauen hatte zu meinem Porsche. Sie wollte gar nicht mehr aufhören, mir all die Feinheiten klarzumachen, bis mir das Ganze verdächtig wurde. Es roch zu sehr nach ihr selbst, und ich fragte sie, ob Goethe und diese Amalia auch mal richtig gemöbelt hätten oder wenigstens in dem Roman ungereimt loslegen würden, und da stemmte sich Selma samt ihrem Bauch und dem Bouquet – das allein mein Konto belasten würde und nicht das ihres gefeierten Autors – aus dem Stuhl. Wir sehen uns nachher bei der Lesung, sagte sie und ging auch schon mit seltsam wankenden, unter der Last ihres Bauches nahezu watschelnden Schritten davon, ein Bild, das mich, gegen jede Vernunft, berührte.

Ich sah ihr hinterher und hatte den Wunsch, aus dem Rollstuhl zu springen, ja bewegte sogar schon die Beine und begriff, dass es auch eine Frage des Wollens war, wieder Teil des normalen Lebens zu werden. Nur reichte das Wollen noch nicht, oder ich war nach Monaten als Patient schon zu sehr daran gewöhnt, die Dinge allein in Gedanken zu tun, mir etwa Selma vorzuknöpfen in der Stille der Mittagsstunde. Ach, Selma, würde ich zu ihr sagen, warum musstest du immer noch kluges Zeug von dir geben, während ich schon auf deinem Rücken lag, den Porsche an der Stelle, an der sich der Bestand der Gattung entscheidet, wie du mir einmal erklärt hast. Selbst beim Beschleunigen und finalen Über-die-Klippe-Rasen, zwischen meinen Lippen dein heißes Ohrläppchen, konntest du selten den Mund halten, Selma, und kamst mit deinem Seelenriesen und hässlichen

Zwerg Rilke. *Und die Pfeile kommen: jetzt und jetzt und als sprängen sie aus feinen Lenden, eifern bebend mit den freien Enden. Doch er lächelt dunkel, unverletzt,* hast du ins Kissen gejapst, worauf ich nur über die Klippe geplumpst bin, statt zu rasen, und höchstens gelacht habe, um nicht zu fluchen, als du schon, eine Hand hoch oben zwischen den Beinen, im Kreuzschritt zum Bad unterwegs warst.

Dannymann? Ursel platzte in meine Gedanken. Wir haben die Lösung, hör gut zu.

47

Sie ließ, wie gesagt, nichts aus an dem Tag, das kam bei ihr vor; nur traf es mich mehr als sonst – vielleicht eine Folge des langen Patientseins – und rührte an eine Wunde, die ich bislang übergangen habe. Wie jedes Kind und später jeder Junge und auch noch als Porschefahrer hatte ich mir immer eine ganz und gar durchschnittliche, mit Mamma oder Mama anzuredende Person als Mutter gewünscht. Ich wollte eine patente, konservative Frau mit roten Händen von der Küchenarbeit und vom Stillen erschöpften Brüsten; stattdessen war Ursel die Sonne, um die ich kreiste, mit rotem Mund und beringten Händen, einer Lesebrille auf der Nase und anarchistischen Ideen im Kopf und alles andere als erschöpften Brüsten unter den knappen Designer-T-Shirts, die sie gern als H&M-Ware ausgab. Sie war der Hammer, meine Ursel oder Mutter, nach wie vor damit befasst, erwachsen zu werden, das große Projekt ihrer Alters-WG, eine Frau, die noch immer auf Männer abfuhr, die von einem Geheimnis umgeben waren, auf Kettenraucher mit Nickelbrille und Flüsterstimme. Ihr Wechsel von Gunther (meinem blassen Erzeuger, der die Telefonzelle in Brand gesetzt hatte) über diverse Stationen bis zu Günter, der seine Eier immerhin schon in Form von zwei Pünktchen über dem U präsentiert hat, ließ auf eine Entwicklung schließen, die noch nicht zu Ende war.

Und an diesem föhnigen Allerseelensonntag, an dem sie mich aus meinen Gedanken holte, um mir nach Beratung mit der neuen prominenten Patientin Vorschläge für mein verfahrenes Leben zu machen, war sie längst scharf auf Dr. Humbert, dessen vermeintliches Bouquet sie mit sich herumtrug wie ein spätes Baby. Sie bestellte einen weiteren Spritz und redete dann überraschend leise, beinahe wie eine echte, von natürlicher Zurückhaltung bestimmte Mutter, die ihrem Sohn etwas ans Herz zu legen bemüht ist. Ich hörte ihr zu und nickte gelegentlich, mein Nicken aus der Schweineabteilung bei Bewerbungsgesprächen, wenn die Bewerberin schon vor dem ersten Wort gestorben war, weil sie Fesseln wie Kuchenteig hatte. Denn es waren völlig unannehmbare, einerseits feministisch gepfefferte und andererseits kleinbürgerlich wässrige Vorschläge oder anzustrebende Lösungen, die Ursel mir auftischte. So sollte ich, im Prinzip, zu Selma stehen, bei Verzicht auf alle Schadensersatzansprüche, und, falls der Erzeuger ihres Kindes zu Tode käme oder sich davonmachte (bei Tobi viel wahrscheinlicher), die Patenschaft übernehmen. Im Gegenzug sollte Selma dann meine mögliche Frühinvalidität begleiten, und was das verbliebene Sexualleben angehe, so sei in der Behinderung auch etwas Gutes zu sehen: ein Abschied von der Penetration zugunsten allgemeiner Zärtlichkeiten, soweit die Interessen der anderen Person dabei Berücksichtigung fänden. Ihr werdet euch also irgendwie vertragen, fasste Ursel die Lösungsvorschläge seufzend zusammen, und ich schloss in scheinbarer Einsicht die Augen, für eine Frage aus dem Hinterhalt: ob sie etwa vorhabe, diesen Kritiker nach der Lesung abzuschleppen.

Dr. Humbert? Ursel zog an ihrem T-Shirt, während Helene in der Tür zum Foyer erschien, in einer blassgelben, durch ihre englische Brosche am Hals geschlossene Bluse und einem Rock mit Schottenmuster. Sie machte mir Zeichen, dass sie mich sprechen müsse, also ließ ich das Thema fallen. Bloß so ein Gedanke, sagte ich.

Und wenn es so wäre? Ursel zupfte an einer der Blüten ihres Bouquets, wie die Mädchen, die an Gänseblümchen ihre erste Herzensfrage zu lösen versuchen, dann stand sie auf und ging mit denselben Worten wie Selma – Wir sehen uns nachher bei der Lesung –, als gäbe es zwischen ihr und der Frau, mit der ich mich einigen sollte, schon eine gemeinsame, von der neuen Patientin soufflierte Sprache, die früher oder später die Sprache aller Frauen werden könnte, mit einer Ausnahme, die Helene hieß.

Sie stand plötzlich hinter dem Rollstuhl, zu mir heruntergebeugt, und bedankte sich als Einzige für die Blumen: die sie wegen Heuschnupfens verschenkt habe. Leise und eindringlich sprach sie mir ins Ohr, während auf der Zufahrt zum Waldhaus ein schwarzer Mercedes der S-Klasse hielt. Du und deine Kulturtante, sagte sie, ihr geht zur Lesung, verschwindet aber nach zehn Minuten wieder, ich warte im Schuppen auf euch. Und dann kriechen wir dort in die schmutzigste Ecke und denken uns die schmutzigsten Sachen aus.

48

Zwei Herren, der eine im Regenmantel, obwohl kein Regen in Sicht war, der andere, trotz November, im hellen Sommeranzug und mit Panamahut, auch wenn die Tropen ganz woanders lagen, entstiegen dem Fond des Mercedes: keine Frage, wer da eingetroffen war, gut eine Stunde vor der Zeit. Truchseß, den Panamahut jetzt leicht im Nacken, hielt nur ein Buch in der Hand, natürlich das seine, während Dr. Humbert – soweit ich wusste, selbst Autor eines Buches, das wiederum Truchseß bei Bedarf einführte – eine schmale Aktentasche unter dem Arm hatte. Die zwei erschienen wie Brüder, ein heiterer und ein weniger heiterer; sie besprachen noch etwas mit dem Fahrer und wandten sich dann dem Portal zu, ein eingespieltes Duo, unterwegs auf Bädertournee, wie man hörte. Professor Cordua und seine Geliebte kamen den beiden entgegen, die Campus überschlug sich schier bei der Begrüßung, und zu viert ging man erst ein Stück über den Rasen, Truchseß nun die Hände hinter dem Rücken, und danach über die Terrasse in Richtung Foyer, knapp an mir vorbei. Doch nur der Star des Nachmittags hatte ein Auge für mich; er hob den cremefarbenen Hut und zeigte beim Anblick des Rollstuhls, an den ich gefesselt zu sein schien, eine bewegte Stirn. Dann verschwand er im Foyer, und ich lauschte auf die Stimmen von dort, das Geschwirr um den Autor, Fragen zum Werk und seiner Person, aber auch Technisches: ob er zu sitzen oder zu stehen wünsche; und das Wasser am Pult: still oder nicht still? Alles drehte sich um sein Wohlbefinden, während meines höchstens die Küche beschäftigte. Er bekam Liebe, ich Zabaione, irgendetwas lief da verkehrt – in diesem Gefühl entfernte ich mich von der Terrasse in den frühnachmittäglich verwaisten Park.

Ich rollte mich bis zu dem Tümpel mit den huschenden Kaulquappen und einer Stille ringsherum, dass einem bange wurde; allein das trübglasige Wasser selbst schien leise zu atmen, und ich rollte mich an den Rand. Von dort sah man die Kaulquappen, ihr sinnloses Hin und Her, dazu das Aufsteigen von Blasen, die an der Oberfläche mit einem Kusslaut platzten, und meine Hände, erst noch an die Rollstuhlräder geklammert, trafen sich auf einmal zwischen den Beinen. Und wie von allein, als hätten sie das daniederliegende Leben dort unten buchstäblich in die Hand genommen, begannen sie durch das feine Tuch der Brioni mein Wrack zu streicheln, während die Gedanken rückwärtsliefen. Ich dachte an eine Sue aus Chicago und eine Ellen aus Köln und an die kleinen Rumäninnen aus der Putztruppe, besonders eine, die mich zwischendurch zart geohrfeigt hatte; und an Mayla, Miriam und Minette dachte ich, meine drei M, sowie an Chiara aus Rom, die es immer auf ihren

Bauch haben wollte, um die Pfütze im Nabel zu sehen. Meine Hände waren gut zu mir, viel zu gut oder zaghaft, immer wieder brach alles in sich zusammen; die einen erinnern sich, und die anderen tun's – wem beides zugleich gelingt, der hat es geschafft.

Brauchen Sie Hilfe?

Wie aus dem Schlaf gerissen, zog ich Luft ein und sah mich um. Der Gärtner vom Waldhaus stand hinter dem Rollstuhl, nur in Sandalen und einer weinroten Wollbadehose, in der Hand einen Spaten. Sein Körper glänzte wie gewohnt, und ich fragte ihn, ob er auch sonntags arbeite, worauf er um den Stuhl herumkam und seinen Spaten in den weichen Tümpelrand stieß. Ich schaffe immer, sagte er im Schwarzwälder Singsang, von morgens bis abends, bei Sonne und Regen. Ich mähe und schneide, pflanze und dünge, hacke und ernte. *Und was schaffe Sie?*

Und ich sagte es ihm und fügte hinzu: bis vor kurzem, doch da war schon eine Ader auf seiner Stirn geschwollen, als trampelte wer auf den Beeten herum. Kerle wie mich müsste man in den Tümpel stoßen, sagte er gefährlich leise, aber stieß mich nicht in den Tümpel. Er fing von Geld an, seinem ganzen für später zusammengeschafften Geld, das er auf Rat der Sparkasse angelegt habe: In Papieren von diesen Lehmann-Brüdern! Die jetzt nur noch zum Arschwischen taugen.

Lehman, sagte ich, mit einem *n*.

Hilft mir das noch? Der Gärtner stampfte mit dem Fuß auf, dass sich der Tümpel kräuselte.

War nur eine Info. Wie viel haben Sie verloren? Ich

sah auf die kleinen Wellen im Tümpel, und der Gärtner beugte sich zu mir herunter. Alles, Mann. Und jetzt erklären Sie mir den ganzen Scheiß mal!

49

Aber wo sollte man da anfangen, zumal die Lesung bald anfing? Er tat mir wirklich leid, der Gärtner, in seiner wollenen Badehose am zweiten November, als hätte er auch nichts mehr zum Anziehen. Man muss ein wenig ausholen, sagte ich, das Bankgewerbe ist ja alt, einst waren es fahrende Leute, die ihr Silber verliehen, Gestalten ohne feste Adresse, bis einer von ihnen den grauen Anzug erfand, das weiße Hemd und den Schlips. Aus Geldverleihern wurden Bankiers, aus Niederlassungen Hochhäuser. Und in unserer Zeit dann ein kleiner, aber entscheidender Rückschritt: Man trennte sich wieder von einem Buchstaben, dem mageren i, und plötzlich waren wir *Banker*. Jetzt musste man nur noch ein paar Zügel loswerden, und da haben uns die Sozis geholfen, damals im Bund mit den Grünen.

Die hab ich gewählt, sagte der Gärtner. Er stand jetzt genau vor mir, eine Hand am Spaten, ich sah die Adern auf seinem Arm und auch einiges unter der elastischen Hose. Und so begannen die paradiesischen Zustände, fuhr ich fort. Wir produzierten nichts als Geld. Rund um die Uhr und rund um die Welt machten wir aus Schulden Geld, was sich sogar reimt, wie Sie hören. Wir lockerten die Schlipse, aßen im Stehen und schliefen neben den

Bildschirmen ein, eine Rückkehr zu unseren Wurzeln, könnte man sagen. Meine Abteilung war der reinste Basar, ein lärmender Haufen, der Money-Games spielte.

Aber wo ist mein Geld?, rief der Gärtner dazwischen.

Eins nach dem anderen. Wir wollten natürlich als Bank dastehen, nicht als Basar, mit besten Bilanzen und den Risiken im Griff. Also gründeten wir Zweckgesellschaften, vergleichbar mit Mülldeponien in der Pampa. Und dahin gingen alle faulen Papiere, und von dort wurden sie weiterverkauft, Tag und Nacht, und irgendwann landeten sie bei Ihrer Sparkasse. Wir waren sehr fleißig, bestimmt so fleißig wie Sie, nur bei besserer Bezahlung. Mein Privatleben war praktisch abgeschafft, wie bei Politikern, ich meine, die Bereiche, wo Männer klein sind und Frauen groß. Es ging nicht ums Glücklichsein, es ging ums Glückhaben: Lieber *eine* launische Göttin als alle Launen der Frau, die man liebt, können Sie mir folgen?

Der Gärtner schüttelte den Kopf. Er hielt sich jetzt am Spaten – für mein Gefühl ein erstes Einlenken – und sagte, persönlich glaube er noch an die Liebe und habe auch deshalb gespart, für den Rest gebe es Küchenhilfen und Gummis. Und *Sie* haben ans Goldene Kalb geglaubt, Mann!

Nur an Rendite, sagte ich. Und die Alchemie des Hedgings. Wir waren Goldmacher und Schatzsucher, Jungs mit Chemiebaukästen und selbstgezeichneten Karten, verwegen, aber nicht verrückt. Verrückt war das System, das uns belohnt hat: ein Saustall, in dem alle Säue zusammenhielten, von Leuten wie mir am Bildschirm, in der Tiefgarage den Porsche, bis zum Vorstandsvorsitzenden, vor der Tür die Panzerlimousine. Und wo ist mein Geld?, fragte der Gärtner wieder, jetzt schon so leise, als ginge es um verlorene Liebe, fast die Bitte, ihm irgendeine Erklärung zu liefern, und wenn sie auf Chinesisch wäre.

Es ist weg, sagte ich, und schuld an allem ist das Wort *hedge*, das eigentlich nur Hecke heißt und als Verb einhegen, abzäunen. Doch in Verbindung mit dem Wörtchen *bet*, nämlich *hedge a bet*, heißt es, auf beide Möglichkeiten zu wetten, auf Gewinn und Verlust, was den Hedgefonds – und Ihr Geld war ein Teil davon – über Jahre ihre *performance* oder Leistung gebracht hat, mit der Abschottung vor dem großen Crash, einer *Chinese Wall*, und den Methoden, aus viel Geld noch viel mehr Geld zu machen. Ich rede von Wetten auf fallende Kurse und Spielchen mit dem Ölpreis, von Aktienanleihen oder *equity-linked bonds* und der Verwandlung von Altpapier in Wertpapier: alles vorbei. Selbst hier im Waldhaus spürt man das Loch in der Chinese Wall, durch das – Ironie der Sprache – das Wall-Street-Desaster dringt. Sie hatten Pech, *ich* aber auch.

Nur haben *Sie* noch Geld, sagte der Gärtner. Und kann es sein, dass ein Teil davon *mir* gehört?

Im Prinzip ja, murmelte ich und bot ihm an, es zurückzugewinnen, mit einer einfachen Wette – die auch verständlich machen würde, wie es von ihm zu mir gelangt sei. Haben Sie eine Münze? Oder haben Sie auch alle Münzen zur Sparkasse gebracht?

Alle bis auf eine, sagte der Gärtner und holte ein gutes altes Markstück aus einer Vertiefung in seiner Wollbadehose – von neunzehnhundertsechzig, da bin ich geboren. Und was soll damit passieren?

Sie wetten auf Kopf oder Zahl.

Aber ich kenne die Wette gar nicht.

Es ist die gleiche, die die Sparkasse für Sie abgeschlossen hat. Nur ohne Papiere. Also: Kopf oder Zahl?

Der Gärtner sah auf das Markstück, der Schweiß tropfte ihm in die Hand. Wissen Sie, was ich verloren habe?

So viel kann es nicht sein bei Ihrer Tätigkeit.

Fünfzigtausend, flüsterte er. Gespart in dreiundzwanzig Jahren. Und das haben alles *Sie*?

Ich sagte, im Prinzip – Sie müssen mir zuhören. Und jetzt sagen Sie Kopf oder Zahl und werfen die Münze. Oder soll *ich* sie werfen? Ich bin es gewohnter.

Der Gärtner reichte mir das Markstück, ich sah es mir an; es hatte kaum gelitten, es war nur etwas matt, und ich rieb es an meiner Hose, Geld, das nicht glänzt, flößt kein Vertrauen ein. Kopf oder Zahl – entscheiden Sie sich.

Und wenn ich verliere?

Sie haben schon verloren, also können Sie nur gewinnen. Kopf oder Zahl? Aber ich kann auch diese Entscheidung treffen *und* die Münze werfen. Falls Sie es möchten, wären das im Erfolgsfall zehn Prozent für mich. Nur um Ihnen unsere Vorgehensweise zu zeigen.

Meinetwegen, rief der Gärtner, trotz aller Muskeln nun ein Bild des Jammers, und ich sagte *Zahl* und warf die Mark in die Luft, fing sie auf und klatschte sie mir auf den Handrücken. Jetzt sind *Sie* dran, sagte ich, und der Gärtner hob meine obenliegende Hand, bevor ihm die Kinnlade nach unten ging. Der Rest war dann wieder meine Sache: ein Anruf auf den Caymans, gleich an Ort und Stelle; die Verbindung war schlecht, man hörte den Hurrikan toben, ich musste mein Passwort förmlich hinüberrufen. *Steinbrück*, schallte es über den Tümpel, als der Gärtner schon seine Kontonummer vor sich hinsprach.

50

Und außer ihm, dem Gärtner, wohl immer noch fassungslos über sein Glück, saßen kurz vor Beginn der Lesung alle Angestellten des Waldhauses im rückwärtigen Bereich des Kaminfoyers, hinter der Patientenschaft, die Herren in Anzügen, die Damen frisch vom Frisör, sowie der Klinikleitung in Reihe eins, neben Truchseß und Humbert. Alle, jedenfalls auf den ersten Blick, muss ich hinzufügen, denn es fehlte die Schmauch. Sie sei in Island, war zu hören.

Ich selbst hätte in der zweiten Reihe Platz nehmen können, die teils für die Behinderten reserviert war, saß aber lieber unter den Angestellten, zwischen Kim III und meiner Krankengymnastin, an ihrer anderen Seite Pfarrer Zitt. Ursel zeigte Verständnis dafür, dass ich mich von den Behinderten fernhielt und folglich nicht neben ihr saß, war aber auch nicht bereit, auf ihren Platz hinter Dr. Humbert zu verzichten, während Selma ja ohnehin ganz vorn sitzen musste, um Truchseß ein Gefühl von Betreuung zu geben. Sie saß zwischen Cordua, der sein Winnetou-Haar geföhnt hatte und offen trug, und der Schampus: voller Misstrauen, wie mir schien, ob ihre hübsche Nachbarin etwa mit dem Chef anbandelte. Alles Mögliche fiel mir in diesen knistrigen Minuten vor Beginn der Veranstaltung auf, zum Beispiel, dass die ehebegeisterte Marlies ein Auge für Pfarrer Zitt hatte, vielleicht weil Zitt an diesem warmen Allerseelentag sein Rabensakko auf den Knien hatte und aus einem hochgekrempelten gelblichen Hemd zwei behaarte Arme ragten. Mir fiel aber auch auf, dass die Volksschwuchtel ständig zu Truchseß sah und auf dem Stuhl herumrutschte und dass die Lackente ihre Moderatorenuniform trug (grauer Hosenanzug, weiße Bluse). Des Weiteren fiel mir der falsche Senator auf, sehr um die Nähe des Autors bemüht, als könnte die Kunst seinen Ruf verbessern, und schließlich blieb mein Blick an der neuen Patientin hängen, deren Rat darauf zielte, aus meiner ganzen Person einen Rollstuhl zu machen. Sie trug eine ausladende rote Samtjacke, die keinerlei Schlüsse auf ihre Figur zuließ oder nur Schlüsse, die einen ins Unrecht setzten, und sie tuschelte – für mich kaum zu begreifen – auf das Vertraulichste mit dem alten Fernsehspaßvogel und Blondinenwitzeerfinder auf ihrer einen Seite und dem gebräunten Barmann und Eintänzer Paolo, wie immer tadellos gekleidet, auf der anderen.

Jetzt geht's los, flüsterte Marlies, und bis auf ein Zwitschern aus dem Park wurde es tatsächlich still im Foyer; da und dort noch ein Hüsteln, und schon trat Cordua-Winnetou vor das Publikum. Er begrüßte den Autor und seinen Kritiker und las dann von einem Blatt Truchseß' Werdegang ab, während ich nach Helene Ausschau hielt: ob sie sich das wirklich alles entgehen ließe, nur um im Geräteschuppen auf einen Dreier zu warten. Doch sie war nirgends zu sehen, umso mehr dafür Selma an der Seite von Truchseß. Als der Höhepunkt seines Werdegangs an die Reihe kam, der große Staatspreis für Leben und Werk, sah sie ihn voller Bewunderung an, drehte den Kopf dann aber langsam weiter, bis sich unsere Blicke trafen, zwei Pfeile in der Menge der Köpfe. Und innerhalb eines Herzschlags wurde aus mädchenhaftem Bewundern, für mein Empfinden, ein Ausdruck schlafwandlerischen Verlangens wie bei unserer ersten Begegnung auf einer Gartenparty des Vorstandsvorsitzenden in seiner Kronberger Residenz, eine Schwäche, die ich gleich nutzte. Ich zeigte zum Ausgang und auf meine Rolex, als schon Applaus aufkam, ein maßvolles Klatschen für Cordua sowie den Mann, der nach ihm ans Rednerpult trat – und wahrscheinlich nur die volle Aufmerksamkeit einer einzigen Person im Saal hatte, meiner Mutter in Reihe zwei.

Dr. Humbert, der auch im Anzug noch aussah, als hätte er den Regenmantel an, dankte dem Waldhaus für die Einladung und kam dann gleich – er sprach frei, in der Hand nur eine modische Lesebrille – zum Kern seiner Einführung unter der Überschrift Liebe und Alter am Beispiel von Goethes Amalia-Affäre in Truchseß' Roman *Amalia oder die Notwendigkeit.* Humberts Stimme klang feierlich voll, ein Ein-Mann-Kammerorchester, und obwohl ich gedanklich schon halb in dem Schuppen war, drang doch einiges zu mir durch, wie etwa seine These von einer Begnadigung des entstellten Leibes, womit nur das wellige Fleisch von Goethes Geliebter gemeint sein konnte, eine Begnadigung, die der Autor durch seine kunstvolle Sprache erreiche. Und als wollte sich Dr. Humbert etwas ganz anderes vor Augen führen, eine Art Anti-Amalia, ging sein Blick auf einmal zu Ursel, die sofort nach Luft schnappte und ihm fast zugewinkt hätte, worauf er, wie von diesem Schnappen angesteckt, gleich die zentralen Fragen des Romans aufwarf. Sind wirkliche Frauen natürliche Frauen? Was ist natürliche Sexualität? Ja, was ist überhaupt natürlich? Und die Antworten auf diese Fragen, sagte Humbert, lägen in den Figuren des Romans: der Autor habe mit Amalia eine wirkliche Frau gezeigt, natürlich und zugleich ganz Sprache, und mit Goethes Werben um deren Gesamtgunst, nämlich die Hingabe eines nicht mehr jungen, aber königlichen Leibes, die durchgeistigte Natur des Geschlechtlichen. Und indirekt habe er damit eine schöne Schreibregel aufgestellt und erfüllt: Zeitnah erzählen und dabei zeitlos sein. Truchseß, sagte Dr. Humbert, während ich die Regel rasch in den BlackBerry tippte (als Nummer neun), hat aber auch unser Bild vom schreibenden Mann erweitert. Der Dichter erschafft sich durch Sprache eine zweite, stabilere Männlichkeit, seine Werke sind auch Legenden um den eigenen überempfindlichen Körper.

Mit diesem hoffnungsvollen Punkt beschloss Dr. Humbert seine Einführung und trat neben das Rednerpult, um für Truchseß den Weg frei zu machen, ohne freilich mit meiner Mutter gerechnet zu haben. Ursel spendete mit erhobenen Händen Beifall, ja sie pfiff sogar, in der Art, wie man nach Rocknummern pfeift, und der Kritiker kehrte mit roten, wenn nicht hochroten Wangen an seinen Stuhl zurück, während das Klatschen jetzt der Hauptperson des Nachmittags galt und bei deren Verbeugung vor den Versammelten in der Art eines ersten, schreibenden Dieners auch noch entsprechend anschwoll.

51

Mit einer Geste, kaum mehr als das zerstreute Lüften seiner in Brusthöhe schwebenden Hand, dämpfte Truchseß den allgemeinen Applaus, um dabei auch schon eine zwickerhafte Brille mit geklebtem Bügel aus seinem Sommeranzug zu fischen; etwas ebenso Nobles wie fein Verlottertes ging für mein Gefühl von ihm aus. So stand etwa eine Ecke seines Hemdkragens ab, während die Krawatte nach klassischer Windsor-Methode gebunden war; das verbliebene Haar wiederum kräuselte sich wirr über einem seiner großen Ohren, wohingegen die Manschetten, weiß und gestärkt mit zwei goldenen Knöpfen, diskret aus den Jackettärmeln sahen. Truchseß blätterte in seinem Roman, als träfe er erst jetzt die Entscheidung, welche Stelle er vorlesen wollte, begann dann aber mit einem der Höhepunkte, wie man hinter mir raunte, der ersten körperlichen Annäherung des Geheimrats an die Mutter seines königlichen Sponsors. Mit fester Stimme las er die einleitenden Sätze, eine Passage über das Wetter an dem fraglichen Tag, sonnig, aber frisch, und war dann schon bei Goethe und Amalia im Gartenhaus des Dichters. Johann, wie er seinen Helden vertraulich nannte, zog das Wams aus und warf den Kopf zurück, eine Bewegung, die er sich vom jungen Schiller abgeschaut hatte und die Amalia aufseufzen ließ wie eine Betende, die in einer Kapelle kniet und glaubt, ein Zeichen empfangen zu haben. Bis auf die leise Arbeit der Holzwürmer war es überhaus still in dem Gartenhaus, friedhofsstill, wie Johann dachte. Sei's drum, sprach er in sich hinein und ließ die Kniehosen samt dem Unterzeug fallen, mit einem Ausdruck, als müssten gleich Blitz und Donner oder anderes vom Olymp Gesandte ein Gegengewicht zu dem schaffen, was prächtig in einen Sonnenstrahl voll tanzender Staubkörnchen ragte, aber das war gar nicht nötig; Amalia selbst war dieses Gegengewicht. Sie hatte ihr Weiblichstes entblößt, zwei Brüste von bitterem Weiß, bitter nach all den Witwennächten ohne Zärtlichkeit, seinem Schnarchen und Rülpsen, wenn sie neben ihm wach lag, und bot nun Goethes Johannes ein natürliches Futteral. *Allons!*, sagte sie in der Sprache des Hofes, *détaché!*

Truchseß zog ein Einstecktuch aus dem Anzug und tupfte sich die hohe Stirn damit ab, er schaute in sein Buch und kniff die Brauen zusammen, als bedrückten ihn die erzählten Umstände – zweifellos Details seiner beruflichen Etikette –, dann las er weiter, und ich löste die Bremsen des Rollstuhls. Mir sei etwas unwohl, flüsterte ich Kim III auf Englisch zu, sicher nur das abnorme Wetter, und rollte mich auch schon zum Ausgang, unauffällig, aber nicht unauffällig genug. Truchseß hielt für einen Moment inne, er sah in meine Richtung, obwohl Goethe gerade Anstalten machte, sich Amalias Wunsches mit einem Vers zu versichern, und einige drehten sich um, darunter Selma und Ursel, als käme nur ich als Störer in Frage.

Und die sofortige Stille im Kaminfoyer auf Truchseß' Blick hin schien mir noch umfassender zu sein als die in Goethes Gartenhaus, von den fehlenden Holzwürmern abgesehen, wenn der Roman hier nicht übertrieb. Einer dieser Momente war das, die im normalen Leben über Karrieren entscheiden, wenn man der einen, durchaus bewährten Sache den Rücken kehrt, noch berührt von alten Weggefährten, um sich einer anderen, von der man nur weiß, dass sie anders ist, zuzuwenden. Selma schloss lediglich die Augen, dann drehte sie sich wieder nach vorn, dem Schützling zu, während Ursel bei meinem Anblick – ich rollte mich rückwärts aus der offenen Tür – kopfschüttelnd einatmete, was ihre Tulpenfigur im Trauerlatzanzug noch tulpiger machte. Und dann nutzte sie Humberts Blick zu mir für einen langen Blick auf ihn; ihre immer noch schönen Augen, die sie gar nicht ummalen müsste, sahen geradezu gelassen auf den Chefkritiker unserer klügsten Zeitung, der daraufhin alles Regenmäntelige abwarf. Es war ein Frauenblick, der ebenso von Wissen erfüllt war wie von Verlangen und einem Sohn sagte, dass seine Mutter künftig wieder versorgt wäre, über alles Finanzielle von seiner Seite und jedes Schulterklopfen von ihren WG-Schwestern hinaus. Ich konnte mich getrost davonmachen.

Die hölzerne Doppeltür des Geräteschuppens war nur angelehnt, der Riegel zeigte nach unten. Ich zog eine der Türhälften etwas auf, und es knarrte, wie man es aus Filmen kennt, wenn im nächsten Moment etwas Schlimmes passiert oder nicht passiert, für das die knarrende Tür nur der Auftakt ist. Mir stand etwas mit zwei Frauen bevor, für einen Mann im Rollstuhl mehr als ein doppeltes Abenteuer. Es war stickig in dem Schuppen, stickig und feucht, wie auf den Caymans, wenn man dort einmal im Jahr nach dem Rechten sieht; dennoch behielt ich die Weste an, einerseits um die Form zu wahren, wofür eine Weste immer gut ist (alle nervösen Vorstände tragen Westen, ihre Bodyguards sogar kugelsichere), und andererseits wegen des Inhalts. Links, in der Tasche über dem Herzen, steckte mein BlackBerry, darin auch die Waldhausnotizen, und rechts befanden sich die Zugänge zu allen Depots in Form von Kärtchen, angeführt von der schwarzen Amex.

Ein leises Schluchzen, so leise wie das mancher Frauen nach der Liebe – Amalia mochte nach Johanns Erguss in den Spalt ihrer Brüste so geschluchzt haben, wenn der Roman auf historischem Fuß stand –, holte mich aus dem Gefühl falscher Sicherheit, das mir die Weste gab. Ich rollte mich tiefer in den Schuppen, bis zu dem Trecker oder Traktor, einem Gefährt, das für unschuldigere Zeiten als unsere erdacht worden war, mit seinem freien Sitz ohne Gurt und großen ungeschützten Reifen, den losen Schaltknüppeln und einer wackligen wie auch wackelnden Kühlerhaube: auf der Helene rittlings saß und ihre Schluchzer, die zwar leise waren, doch aus der Tiefe des Körpers kamen, auf das Gehäuse übertrug. Sie weinte, und fast wäre ich aufgestanden und zu ihr geklettert, aber noch sagte mir eine Stimme, stärker als meine eigene, dass es völlig unmöglich sei, aufzustehen, mit oder ohne Porsche.

Was ist los?, fragte ich, und da sprudelte es aus ihr heraus, das Elend mit dem Megaerfolg. Junge Chefs von der schrecklichen Sorte würden das Buch ihren Vorzimmerfrauen schenken, um dann auf Betriebsausflügen daraus zitieren zu lassen unter dem Gelächter aller Kollegen! Und auf meinen Einwand, dass sie ihn doch selbst geschrieben habe, den Betriebsausflugsknüller, kam gleich dreimal das Wort *Irrtum*: Sie habe nur die Tragödie eines Scheidungskindes erzählen wollen, durch das Schlüsselloch des Pos sozusagen, und auf einmal dieser Ansturm – *Sind Menschen wirklich so verrückt?* Helene hob den Schottenrock an und benutzte den Saum als Taschentuch, sie schneuzte sich und stieg von der Kühlerhaube. Ja, sagte ich und verglich das Ganze mit der Gier nach Geld: Denk nur an die Leute, die all ihre Ersparnisse gegen ein paar Papiere getauscht haben, nur weil sie von uns nett verpackt wurden. Oder denk an die Gier nach Öl, nach einem schwarzen klebrigen Zeug, das am Ende nur alles verpestet. Die Menschen möbeln ganze Wüsten durch, um an die stinkende Brühe zu kommen, sie bumsen im Schlamm herum oder rammeln bei Sturm unter Wasser.

Dann wäre mein Buch ja nur ein Tröpfchen im allgemeinen Gestank! Helene lachte befreit, sie boxte mir an die Brust, Mann, sagte sie, und ich nahm ihre kleine Faust. Ganze Sekunden lang hielt ich sie in den Händen, dann zog Helene die Faust zurück und legte sie mir an die Stirn, bevor sie hinter den Rollstuhl trat. Und zurück blieb ein Druck über meinen Augen, während etwas, wofür mir die Worte fehlen, wenn's dafür überhaupt Worte gibt, von ihr zu mir überging. Noch nie hatte ich eine Frau erlebt, die so jung war und zugleich so erwachsen, so heiß im Herzen und so klar im Kopf; nur zwei von der Sorte in der Schweineabteilung, und man hätte schon vor Jahren das Geschäft mit Minikrediten entdeckt, statt Großschrott zu kaufen.

Also wollen wir mal, rief Helene und schob mich, an dem Trecker vorbei, in den hintersten Winkel des Schuppens, nur erhellt von Sonnenstrahlen aus den Spalten in der Bretterwand. Sie fielen auf ein Matratzenlager, wie ich es zuletzt in der Kindheits-WG gesehen hatte, eine mit Zeitungen und Flaschen umgebene Bettstatt, darauf ein loses Laken und eine allerdings penibel zusammengelegte Decke mit Blümchenbezug nebst dem Kopfkissen, auf dem, logisch geordnet, eine Dose Melkfett, zwei Kondome und drei Tempotaschentücher lagen. Helene kam wieder um den Stuhl herum. Der Gärtner schläft hier, er hat mir das Bett überlassen, er wollte nur ein signiertes Buch. Es sei alles frisch bezogen, und Taschentücher, Gummis und Fett gehörten zum Service. Eins-a-Qualität, sagte er.

Wann sagte er das?

Gestern schon.

Du hast ihn schon gestern gefragt?

Ja. Stimmt was nicht?

Helene hob mich aus dem Rollstuhl, mit erstaunlicher Kraft für ihre Nonnenfigur, sie setzte mich auf dem Lager ab. Jetzt fehlt nur noch deine Freundin.

Selma ist nicht mehr meine Freundin.

Aber sie erwartet ein Baby.

Nicht von mir.

Kennst du den Vater?

Ja. Mein Ex, ein Arsch.

Hattet ihr was?

Mein Ex am Bildschirm. Wir haben nur Geld zusammen gemacht. Viel Geld.

Helene beugte sich zu mir. Und wenn das nichts wird zwischen ihr und dem Arsch?

Könnte passieren, sagte ich.

Aber Familie ist wichtig.

Es ist nicht *mein* Kind!

Es ist nur nicht dein Sohn – Helene drückte mich sanft auf das Lager, sie boxte mir wieder an die Brust. Und im Grunde bedauerst du es.

Bedauern? Ich wollte mich aufrichten, nur ließ es die kleine Faust nicht zu. Jedenfalls wäre unten bei mir dann noch alles in Ordnung. Und nicht ruiniert.

Darum treffen wir uns ja hier, um das zu beheben, sagte Helene, und in dem Moment knarrte die Schuppentür.

53

Ist da wer? Es war Selmas Stimme, ihr etwas weltenthobener Ton, und auf ein *Hier sind wir!* von Helene hörte man ein Tapp-tapp, fast im Takt mit dem meines Herzens. Selma kam auf Zehenspitzen, ein verstohlenes, aber auch schamhaftes Nähertreten. Sie hatte ihre Schuhe mit gemäßigten Absätzen in der Hand – Selma besaß überhaupt nur Schuhe mit einer dem Geist der Kulturstiftung angemessenen Absatzform –, die andere Hand, gedankenlos, wie mir schien, allein dem Impuls der Brutpflege folgend, auf dem Bauch. Und der drängte hell aus einem dunklen Hosenanzug, den sie für ihr offizielles Erscheinen im Waldhaus gewählt hatte, einer Kombi, wie sie Frauen mit diffuser Figur in höheren Positionen tragen, etwa die Kanzlerin (mit der ich Selma keineswegs vergleichen möchte, schon weil die Kanzlerin mehr zu tun hat und auch nie allein in einen Schuppen käme). Sie befand sich also beim Herannahen an das Lager bereits in einer gewissen Auflösung, die bis in ihr Haar reichte. So, sagte sie, und jetzt?

Helene rückte ein wenig. Jetzt sind wir zu dritt.

Zu viert, verbesserte Selma sie und ließ dabei den obersten Hosenknopf förmlich aus seinem Loch springen, um dann mit etwas ganz anderem zu kommen. Ob ich, was die Finanzkrise betreffe, auf dem neuesten Stand sei: Wir werden geschluckt, Danny, samt der Stiftung.

Tobi wird dich unterstützen.

Tobi stellt schon Anträge auf sonst was, er will sich umschulen lassen. Irgendwas mit Sinn, sagt er, ganz egal. Er liest schon Heidegger, und ich krieg die Woche ein Kind. Was wird aus dem, wenn hier alles zusammenkracht?

Er könnte immer noch Schriftsteller werden, sagte ich und wollte schon von meinem Buch erzählen, da klatschte Helene in die Hände. Schluss jetzt, oder sind wir hier im Fernsehen? Fangen wir endlich an! Sie rückte noch ein wenig, und Selma ließ sich, umständlich wie alle Dicken beim Hinsetzen, auf dem Matratzenrand nieder, während mein BlackBerry summte, im falschesten Moment. Doch bei der allgemeinen Lage konnte jede Nachricht wichtig sein, womöglich war es mein Steuerberater oder jemand auf den Caymans; jedenfalls zog ich das Gerät aus der Weste, und ein Berater war es tatsächlich: der Nachtseitenautor, dem ich leichtsinnigerweise meine Nummer gegeben hatte. Er schlug mir einen Titel vor, gegen Honorar natürlich, tausend Euro, für *Die Ballade vom Saustall, dem ich entkam*. Eine Anspielung, wie es dazu hieß – auf Oscar Wilde.

Weiß jemand, wer Oscar Wilde ist?

Ein schwuler Autor, sagte Selma, tot.

Aids?

Kummer.

Das kam von Helene, knapp und leise, und Selma zog anerkennend Luft in die Nase; sie sagte nichts, aber ein Band war geknüpft, enger als das über der Zabaione, und ich nahm mir vor, den Autor zu lesen, auch wenn er andersrum war (und überhaupt las ich ja zu wenig oder nur im Buch meines Lebens, das Ursel hieß).

Können wir jetzt anfangen? Helene schob sich ihr Haar hinter die Ohren, während Selma auf einmal den

Bauch entblößte, schwer zu sagen, warum, vielleicht um ihn in das Bündel Sonnenstrahlen aus dem Wandspalt zu halten; dazu neigte sie sich nach hinten, wodurch ihr Haar in meinen Schritt fiel. Sie wandte mir also den Rücken zu, und Helene nahm eine ähnliche Sitzhaltung ein, ebenfalls am Rand der Matratze, allerdings mit dem Gesicht in meine Richtung. Sekunde noch, sagte ich und schrieb eine SMS zu Ende, mein Nein an den Autor, aus Prinzip und finanziellen Gründen; eine letzte kleine Verzögerung, die Selma gleich nutzte. Was haben wir eigentlich vor?, fragte sie. Ich bekomme die Woche ein Kind, einen Jungen.

Wissen wir schon, unterbrach Helene sie. Wir können es auch zu viert machen, der Kleine kriegt ja nichts mit.

Darüber gehen die Meinungen auseinander! Selma zog ihren Ton etwas an, immer ein Zeichen, dass sie nervös war, aber auch bestehen wollte in einer Situation. Ich sah sie von hinten atmen, ihre Schultern gingen auf und ab und damit auch das Haar, das mich kitzelte. Wir liegen doch nur herum und plaudern, sagte ich, als von einem reinen Herumliegen und reinen Plaudern eigentlich nicht mehr die Rede sein konnte; fast unmerklich zuerst, wie ein beschleunigter Puls, bald aber schon im Gehege mit Wäsche und Gürtel, war mein Porschewrack Zentimeter um Zentimeter gewachsen und hatte sich in den Grenzen einer Brioni mit Slimform aufzurichten begonnen, und das ohne jeden Schmerz oder mit Schmerzen, die ich als Glück empfand, und einer wie Helene konnte so etwas nicht entgehen. Sie schloss kurz und beruhigend die Augen – ganz anders als Selma, die ihre Augen immer nur beunruhigend schloss – und öffnete zunächst die fünf Knöpfe, die eine gute Weste auszeichnen, um dann mit einer fließenden Bewegung meinen Krokogürtel zu lösen und auch noch die fünf von Hand angenähten Knöpfe, die eine beste Hose von einer guten unterscheiden, zu öffnen. Der Rest geschah dann von allein, das heißt, meine Boxershorts von Harry & Sons (die einzigen mit gut bemessenem Gummi) waren keinerlei Hindernis mehr, und mit einem leisen Plopp hatte ich wieder den Zustand erreicht, in dem ich wohl schon vor achtunddreißig Jahren zur Welt gekommen war.

Plaudern, sagte Selma verächtlich – genau in der Sekunde, als Helene *Whow* flüsterte –, worüber wollen wir denn plaudern? Vielleicht legst du lieber mal eine Hand auf meinen Bauch, oder warum, glaubst du, bin ich in diesen Schuppen gekommen und hocke hier auf einer alten Matratze, während einer unserer größten Autoren immer noch aus seinem neuen Roman liest? Ich will mich versöhnen, Danny, oder bist du taub auf dem Ohr?

Nein, sagte ich, und Selma: Dann los.

Und so kam es, dass ich zum ersten Mal Kontakt mit dem Leben in seiner unschuldigsten Form hatte, während auf der anderen Seite, wie im Gegenzug, eine kleine sichere Hand um meinen wiedererlangten Geburtszustand griff. Es war eine Gleichzeitigkeit, von außen betrachtet, aber im Grunde etwas aus zwei Welten mit unterschiedlicher Zeit. Ganz vorsichtig, wie man an eine fragwürdige Herdplatte greift, also mit keineswegs sicherer Hand, hatte ich um Selma herumgegriffen und war im Bereich des Nabels gelandet, auf einer zum Platzen gespannten Haut, über die ich meine Finger schob, bis plötzlich, als regte sich etwas unter einer Bettdecke, eine Art stummes Klopfzeichen von innen kam, genau in meine Handschale, einmal, zweimal, dreimal, dann entschwand es, um an anderer Stelle, dort, wo mein Puls den Bauch berührte, noch einmal aufzutauchen, als kleine pochende Beule: kaum da, war sie schon wieder fort, und umkehrt, ein Katz-und-Maus-Spiel.

Wenn es von dir wäre, würde es sich genauso anfühlen, sagte Selma, während mir Helene, wieder ganz sicher, das Präputium vor und zurück bewegte, zwei Finger der anderen Hand auf der Corona. Sie machte es mir, so muss man es sagen, und ich kam nicht umhin, ihr dabei zuzusehen oder den Blick auf ein Teil meiner selbst zu richten, das ich schon aufgegeben hatte. Es ragte blass aus dunklen Büscheln, leicht in sich gebogen wie eh und je, mit einer Kuppe, so prall wie der Bauch, auf dem meine Hand lag. Ein schon ungewohnter, verstörender Anblick, auch wegen der Büschel. Ich hatte ja, seit ich Patient war, mein unteres Haar wachsen lassen, aus Resignation, aber nicht nur: mich hatte auch ein Ausdruck von Marlies, der Krankengymnastin getroffen, als sie vom *Nacktschneckle* dort unten sprach. Davon konnte inzwischen nicht mehr die Rede sein, und all das Haar erschien mir auch nicht mehr so schmutzig wie früher; die ganze Schweineabteilung war ja sonst wo rasiert, wenigstens in dem Punkt sollte Sauberkeit herrschen. Aber zurück zu Helene. Sie machte es mir also, lautlos und langsam, wie ich es früher selbst getan hatte, in der WG-Wanne, neben einer Tür, die sich nicht zusperren ließ, unbemerkt und doch unter den Augen aller. Es geschah hinter Selmas Rücken, keine Frage, aber mit ihrem stillen Einvernehmen; sie war anwesend abwesend, wie der Frauenchor meiner Kindheit und Jugend, wenn ich im Bett lag, im Zustand meines Zurweltkommens, klein und erregt. Immer noch waren Helenes Bewegungen langsam, nur zog sie das Präputium jetzt tiefer, mit feinem Rütteln an der Naht: als hätte sie selbst einen Porsche und würde ihn tagtäglich ausfahren. Gut so?, flüsterte sie, was eher ein Streicheln mit Worten war als ein Zeichen von Unsicherheit, und ich drückte ihr dankbar den Arm, worauf alles so hätte weitergehen können, dem ersehnten Ende entgegen. Doch die Erlöserin in Wort und Tat – zutiefst moralisch, ich wusste es, ein gefallener Engel und nicht das Mädchen, das nur lustig unterwegs ist, lustig mit ihrem Poloch spielt und darüber ein Buch schreibt, das alle Welt liest –, meine liebe Helene also wandte sich leise an Selma. Ob das okay sei für sie.

Ich hielt die Luft an, was nicht leicht war bei meinem Herzklopfen, und genau in dem Moment kam wieder ein Schubser gegen meine Hand, ein kurzes Zeichen von Alexander, der niemals versagen würde, vielleicht seine Unruhe infolge von Selmas Unruhe. Sie wandte den Kopf um und warf einen Blick auf die Dinge zwischen Helene und mir – oder dem Stückchen Mann, das ein Schopenhauer, wäre er als Frau auf die Welt gekommen und Ursels Jahrgang, ohne zu zögern, *instrumentum diaboli* genannt hätte. Schon gut, murmelte sie und griff in das Prada-Täschchen, das sie immer bei sich trug, und zog ein Buch heraus, so blank und so weiß wie ihr Bauch, ein sogenanntes Vorabexemplar von Truchseß' neuem Roman. Ihr könnt ruhig weitermachen, sagte sie, ich lese euch so lange eine Stelle vor. Mehr kann ich nicht tun für dich, Danny.

54

Aber Selma begann nicht gleich mit dem Vorlesen, sie schickte dem erst ein paar Worte voraus, als wollte sie Dr. Humbert nacheifern, was Helene, jetzt wie im Sog der älteren Selma, ein artiges Mädchen, veranlasste, ihr inzwischen schon schneller gewordenes Hin und Her zu unterbrechen. Dieser Roman, sagte Selma, sei eine noch fragmentarische Theorie der körperlos körperlichen Liebe, in der es keine Unterscheidung mehr gebe zwischen Sexus und Eros. Jede einzelne Seite sei ein Beweis des durchgeistigten Leiblichen, mit dem erzählerischen Höhepunkt von Goethes Akt zwischen Amalias Brüsten, einem Erguss im Wort wie im Wortsinn. Und damit schlug sie das Buch gleich an der richtigen Stelle auf – dank einer eingelegten Blüte aus dem vermeintlichen Truchseß-Strauß – und fing mit ihrer falschweichen Stiftungsstimme an, daraus vorzulesen, während Helene ihre Tätigkeit wiederaufnahm.

Johann sah aus dem Gartenhausfenster, das schon ein wenig beschlug, auf knorrige Apfelbäume und eine Wiese, in der alle Natur auf das Einfachste zusammenkam. Liebe will ich liebend loben, jede Form, sie kommt von oben, sprach er vor sich hin, während Amalia nach dem

Fächer griff. Sie roch etwas und wollte es fortwedeln, den süßsauren Geruch der eigenen Brust, aber der, der ihre Luft zum Atmen war, bat sie, das *incroyable* Ding, wie er sagte, wegzulegen. Johann war plötzlich sehr ernst, die eine Hand im Rücken, wie alle ihn kannten, die andere an seiner Pracht, wie nur sie ihn kannte. Wohlan, rief er, und mit einem Ruck, der für Amalia durch ganz Weimar ging, drückte er die Pracht zwischen das milchspendende Fleisch.

Hier machte Selma eine Pause und versteifte sich in der Sitzhaltung auf dem Matratzenrand, als sei sie eifersüchtig oder gar neidisch auf das Geschehen in ihrem Rücken. Helene strich jetzt nur noch am zarten Steg entlang, mal nahm sie ihre Fingerkuppe, mal einen abgekauten Nagel (ja, sie kaute, vielleicht ihre einzige Schwäche), und zum ersten Mal spürte ich wieder das Nahen eines teuflischen Glücks, seine ganze Zusammenballung vor dem Engpass mit den Fissuren und Narben. Ob das schon alles gewesen sei, sagte ich zwischen zwei scharfen Atemzügen, damit Selma wieder ins Buch schaute und nicht zu Helene und mir, und schon las sie weiter, aber etwas anders als vorher. Ihr Stimme klang weniger offiziell, fast wie die einer Mutter am Bett des Kindes; hinzu kam, dass Selma schwitzte, bei ihr selbst im Bett eine Ausnahme. Sie schwitzte an der Brust, zu der meine Hand, vom Nabel kommend, gerutscht war, unter zwei nasse, warme Rundungen, prall und fest wie nie zuvor und gewiss nicht mit dem zu vergleichen, was sich Goethe da vorgeknöpft hatte, wenn dem Roman oder seinem Autor zu trauen war.

Weimars erste Frau, las Selma, zeigte sich nackt, aber nicht entblößt. Er soll seine Augen nur aufhalten, sagte sie und ließ dabei ihre Brüste arbeiten, die keineswegs schön waren, mit einem blauen Aderngeflecht und entzündeten Spitzen. Aber sie so zu zeigen, nackt und wund, war die größte Form von Ehrerweisung und auch die galanteste von Höflichkeit gegenüber einem Mann, der ihr seine Ermächtigung überließ und bereit war, sich für sie zu vergessen. Johann schnaufte jetzt wie ein Kutschpferd, wenn es durch Morast bergan ging, bis ihm, ohne Ankündigung, ein Laut entfuhr, als kämen alle Epigramme auf einmal aus seinem Mund; und dann traf sie ein Strom, weißer als ihre Haut und stärker als der Sonnenstrahl, der noch immer ins Gartenhaus fiel, und wollte kaum aufhören. Welcher Segen der Natur, sagte Amalia, als das Strömen endlich versiegt war, Goethe aber wandte sich seinem Pult zu. *Ce n'est pas la nature, Madame, c'est l'essence des choses!*

Und bei allem, was mir heilig ist, von Ursels Wohlergehen bis zu dem der Firma Porsche: in der Sekunde, in der Selma unerwartet ins Französische überging – weil es der Autor so gewollt hat oder Goethe tatsächlich so abgedreht war –, kam es mir mit einer Macht, für die es keine Worte gibt. Sie riss alles mit sich, was nicht niet- und nagelfest war, meine Stimmbänder und das Flüssige in den Augen, das Blut in den Lenden und die Gase im Darm. Es kam mir unbeschreiblich – das einzige Wort, das ich gelten lasse –, es brach nur so aus mir heraus. Alles seit der Korkenziehernacht Angestaute kam in einem einzigen langen Stoß durch eine nicht vom Bougieren, sondern nur durch Helenes zarte Behandlung ausreichend gedehnte Röhre, mit nie dagewesenem Kitzel an allen Stellen, an denen die Nerven noch blanklagen. Ich jagte die ganze verdammte Ladung Unglück als Glück in das Sonnenlichtbündel, in dem die Staubkörnchen tanzten wie einst in Goethes Gartenhaus; ich wirbelte sie durcheinander mit meinem Strahl, der dreimal, viermal in die Höhe schoss, während Helene immer noch an der Naht ruckte und Selma unverdrossen vorlas. Sie erhob ihre Stimme jetzt gegen meine, bis er in sich zurückfiel, der Strahl, mit ein, zwei Nachbeben, zuerst noch sprudelnden und bald nur mehr sickernden Tropfen, verbunden mit einem Gefühl absurder Dankbarkeit, wie ich es vorher nur einmal im Leben hatte, beim Anblick des Meeres morgens um sechs, von einer Terrasse auf der Insel Santorini, als die Welt auf einmal dermaßen groß war, dass Danny Deserno darin verschwand.

Und danach nur noch der spärliche Wunsch, mich davonzumachen, und wenn es sein musste, auf allen vieren. Reflexhaft, wie ein Kind nach der Hand der Mutter greift, griff ich nach der Armlehne des Rollstuhls, noch mit offener Hose; und ich wollte mich gerade hochziehen, als Pfarrer Zitt, Hand in Hand mit Marlies, der ehebegeisterten Krankengymnastin, hinter dem Traktor erschien, um die offenbar bekannte Matratze zu nutzen. Zitt – der also kein Lied singen konnte von zwangsweiser Untätigkeit zwischen den Beinen – sah auf einen Blick die ganze Bescherung und schüttelte Marlies' Hand förmlich ab. Dann zeigte er, die Hemdsärmel immer noch aufgerollt, mit erhobener Hand in meine Richtung, während seine Geliebte die Augen zukniff, wie ich es manchmal vor dem Bildschirm getan hatte, wenn das nahende Desaster aufgeblitzt war.

Ich hielt die Luft an, während Selma einen Arm hob, als drohten ihr von Zitts Seite Schläge. Sie wusste ja nichts von dessen geistlichem Status und wandte auch das Gesicht ab und sah dadurch auf die Bescherung: die Helene bereits mit den Taschentüchern des Gärtners – der Melkfett und Kondome natürlich für Zitt und seine Begleitung bereitgelegt hatte – zu verringern bemüht war. Und nun ging alles wie von selbst und bis auf vier biblische Worte auch ohne Trara, was ja bei Wundern, die diesen Namen verdienen, häufig der Fall ist. *Stehe auf und wandle,* sagte Pfarrer Zitt, vielleicht um in seiner Lage überhaupt etwas zu sagen oder die geistlichen Zügel wieder an sich zu ziehen, zu Ruhm und Ehre Gottes und nicht der Baltischen Flotte, und ich stand auf, als griffe mir jemand unter die Arme, und tat auf wackligen Beinen den ersten Schritt, auf einen Pfarrer und eine Ehebrecherin zu.

Du Hund, rief Selma, dir fehlt ja gar nichts!

Bis auf mein Leben!

Welches Leben?

Das wahre Leben, mischte sich Pfarrer Zitt ein.

Da hörst du es, Selma.

Wer ist dieser Mann?

Das ist der Waldhauspfarrer.

Und was wollen Sie hier? Selma erhob sich jetzt, sie präsentierte ihren Bauch wie Sprengstoff, der jeden Moment explodieren konnte.

Er will auch das wahre Leben.

Auf dieser Matratze?

Außerdem hat er mich gerade geheilt.

Das war nicht ich, das war Jesus.

Bist du sicher, dass er kein Patient ist?, fragte Selma.

Ganz sicher – ich war stehen geblieben und hielt mich am Trecker fest –, und ich bin keiner *mehr*. Seit eben.

Du warst nie Patient, du bist ein Betrüger!

Das geht zu weit, rief Helene. Bis vor wenigen Minuten war er ein Krüppel!

Ja – bis es ihm kam!

Wer hätte das gedacht, murmelte meine alte Krankengymnastin, und ihr geistlicher Liebhaber wandte sich mit seiner Ziegenstimme an Selma. Hier ist einfach ein Wunder geschehen, wie das mit Ihrem Bauch.

Nix Wunder, sagte ich, das war ein Fehltritt. Sie hatte was mit meinem Partner.

Das hab ich noch immer!

Wo die Liebe hinfällt, warf Pfarrer Zitt ein und kam dann, unter einem ganz anderen Druck, dem der Ereignisse, auf seine Gemeindegelder: die seien weg. Und jetzt?

Erst mal auf die Matratze und abschalten. Und die nächste Kollekte *unter* die Matratze.

Zitt sah mich an, von einem Augenblick zum anderen mit Farbe im Gesicht, durchblutet wie seine Geliebte, die es kaum abwarten konnte. Was für eine Welt, sagte er, und da vergaß sich Selma für mein Gefühl, während Helene auf ihre stille Art zu mir hielt. Und wer ist schuld an alldem? Heuschrecken wie du!, rief sie und schmiss mit dem Goethe-Roman nach mir. Wie ein verletzter Vogel flatterte das aufgeklappte Exemplar durch die Luft, vorbei an dem heimlichen Paar, und landete an meiner Brust. Ich nahm es an mich, das war das Mindeste, und Helene blies mir einen Kuss zu, ehe Selma noch *Ciao, Daniel, ciao!* rief, aber da war ich schon hinter dem Trecker.

55

Der Kies knirschte unter meinen Sohlen, wie ein leises, verstelltes Jauchzen aus mir, und ein letzter, wohl vom Föhn getäuschter Falter taumelte über dem Weg, als ahmte er mich nach in meinem Wanken. Kupferfarben lag eine späte Nachmittagssonne auf dem Waldhaus, die Terrasse war schon im Schatten, und ich beeilte mich, an ihre Brüstung zu kommen: dort konnte ich mich halten und vorsichtig weiterbewegen, von keinem bemerkt. Denn die Lesung war gerade zu Ende, das Publikum strömte auf die Terrasse, inmitten eines Pulks auch der Autor, von allen Seiten bedrängt, wie ich zwischen den kleinen Säulen der Brüstung sah: ein gefeierter Mann, in der Hand, bescheiden, den Panamahut. Noch ohne Kraft in den Knien, immer an eine der Säulen geklammert, bewegte ich mich auf den Parkplatz vor dem Haupteingang zu, wo in der Regel zwei, drei Taxis standen, mit etwas Glück sogar S-Klasse; es ging nur Schritt für Schritt weiter, vorbei an der ganzen Waldhausbelegschaft, manche zum Greifen nahe.

Da waren zum Beispiel Kim I–IV, die ich gern noch um Verzeihung gebeten hätte für all die absichtlich fallen gelassenen Dinge, nach denen sie sich so lieb gebückt hatten für mich, und da war Winnetou, der noch gar nicht begriffen hatte, das sich sein Geld in alle Winde zerstreute. Ferner standen da der falsche Senator, der vor seinem Namen davonlief, und der traurige Spaßvogel, beide im Gespräch mit der Lackente, die schon wieder im grauen Anzug herummoderierte. Aber ich sah auch die Volksschwuchtel im Flirt mit Paolo, der seine Bar ins Freie verlegt hatte, und Giuseppe aus Sachsen mit einem Tablett voller Gläser, gefüllt mit Spritz, eins davon schon in der Hand von Ursel, die Dr. Humbert gerade eine ihrer Selbstgedrehten anbot; sie gab ihm sogar Feuer, und ich hangelte mich weiter, vor mir jetzt der Pulk um den Autor, und mitten darin, zu meinem Erstaunen, der verschlossene Exgangster, der in sein altes Wesen zurückfiel: Ein Autogramm, rief er, oder ich hau dir die Nase ein! Und Truchseß, aufgeräumt wie alle gefeierten Leute, erfüllte den dringlichen Wunsch, während sein Blick, zwischen zwei der Säulen hindurch, zu mir ging, wieder mit bewegter Stirn, als hätte er einen schreibenden Bruder in mir erkannt, die einzige Konkurrenz; und ich floh, so schnell meine Beine es zuließen.

Nass im Gesicht und mit zittrigen Knien erreichte ich das einzige Taxi, das vor dem Eingang stand – C-Klasse, aber mit Kompressor –, und wie aus dem Nichts war plötzlich der Gärtner da und hielt mir die Tür auf. Er wollte mir jetzt doch noch danken, aber ich hob einen Finger und bewegte ihn hin und her, worauf nur eine Abkürzung von Adieu kam, ein leises *Ade*. Und mit diesem Stück himmlischen Schutzes für den weiteren Weg bestieg ich das Taxi und nannte mein Ziel. Der Fahrer konnte es nicht glauben, und ich nannte noch einmal das Ziel, klar und deutlich. Ihr und mein Glückstag, sagte ich, während die Tannen längs der Waldhauszufahrt an mir vorbeizogen, in umgekehrter Reihenfolge wie Anfang März.

Ich zog den BlackBerry aus der Weste, meinen verlässlichsten Freund, und schloss die Weste samt der Hose, die noch offen war vom Schuppen. Dann hielt ich die Dinge dieses Glückstages in Stichworten fest, von Ursels Freude über den Humbert'schen Strauß bis zu meiner Flucht, die erst begonnen hatte. Ich schrieb ohne nachzudenken, jedes Wort saß, vielleicht nicht für andere, aber für mich. Regel Nummer zehn: Für alle Schreibregeln gilt auch das Gegenteil, wenn das Ergebnis reinhaut. Wir erreichten die Autobahn, recht frei am Allerseelensonntag, der Kompressor nahm die Arbeit auf, es ging zügig nach Norden, ich war zufrieden. Und wenn ich in dieser verrückten Welt noch etwas beeinflussen wollte, dann nicht das Auf und Ab von Aktien, um feindliche Übernahmen zu erleichern und im allgemeinen Chaos auf Verluste zu wetten, sondern allenfalls eine kleine neuronale Verschiebung in meinem Hirn, mit dem Ergebnis, dass ich Selma Glück wünschte für die Geburt und hoffte, aus Alexander würde nie ein Versager, und wenn doch, dann einer, dem ich immer noch zu Seite stünde wie dem eigenen Kind. Ja, und schön wäre auch eine kleine neuronale Verschiebung in Helenes Hirn, dachte ich, eine mit dem Ergebnis, dass sie meinen Entschluss zu verschwinden, versteht und nie schlecht von mir redet, wie übrigens auch Ursel nie schlecht von ihrem Liebhaberwürstchen, das mein Vater war, geredet hat. Ein Typ mit Brille, sagte sie immer. Ganz nett.

56

Ich ließ mich zum Frankfurter Flughafen fahren – wohin sonst, wenn man verschwinden will – und gab noch auf der Autobahn per SMS ein First-Class-Ticket in Auftrag: für einen Platz in der nächsten Maschine nach Mumbai, Delhi oder gleich an den Ort, von dem aus mein Leben, wann immer sein Komfort bedroht war oder der Teufel im Detail die Hand eines Engel spüren sollte, Halt bekommen hatte. Mein Ziel hieß Bengaluru (für alle, die's nicht glauben können oder überhaupt schwer von Begriff sind).

Und so lag ich noch am Abend im Bug eines Lufthansa-Jets, in jenem abgetrennten Bereich von nur acht zu Betten gestreckten Sitzen, mit nur einem anderen Passagier in der First, einem alten, schon hinfälligen Inder, der die ganze Zeit las, wie um nicht ohne Einsicht sterben zu müssen, und mich damit ansteckte in meinem Van-Laack-Pyjama, verteilt vor dem Start, und unter einer Joop-Decke, die mit zur Häuslichkeit beitrug. Statt nach dem Fünfgängemenü (als Fisch zitronenglasierter Red Snapper, dazu Basmatireis mit Picholin-Oliven) – serviert von zwei Stewardessen, die mir piepegal waren mit ihrem Lächeln – einen der hundert Filme anzusehen, die zur Auswahl standen, griff ich zu dem Roman, den Selma als letzten Beweis ihrer Gefühle und mangelnden Nerven nach mir geschmissen hatte, *Amalia oder die Notwendigkeit*.

Kein sehr geschickter Titel in unserer Welt – warum nicht Goethe oder die Notwendigkeit? Autoren wollen den Erfolg und wollen ihn nicht: sie sollten meine Regeln kennen. Ich suchte die Stelle, bis zu der Selma im Schuppen gekommen war, ein Überfliegen der Seiten im Schein eines Lämpchens über dem Bett. Ob Goethe – genau wie ich ja eine Frankfurter Hausgeburt (Innenstadt) – etwas von mir gehabt hätte, das Aufreißerische? Wohl kaum oder wenn, dann eher mit der Feder, als Papierhengst; vermutlich war er schüchtern, sobald's darauf ankam, der große schüchterne Verführer: ein Königspudel für mein Gefühl, obwohl ich wenig gelesen hatte von ihm, nur das übliche Schulzeug. Aber zwei Gedichtzeilen waren dazugekommen, Selma hatte sie eines Nachts in die Schweineabteilung gemailt.

Denn wie ich dich so ganz im Herzen trage,
Begreif ich nicht, wie du wo anders bist.

Endlich hatte ich die Stelle gefunden und wählte noch eine bequeme Haltung zum Lesen, als sich der alte Inder nach mir umsah; er nickte kurz und lächelte, als wären wir Verbündete, im selben fliegenden Boot, wo er doch bald sterben würde und mir noch ein Leben bevorstand, und ich vergrub mich förmlich in die aufgeklappte Seite. Hat er schon den Mirabeau gelesen, *Der gelüftete Vorhang*, fragte Amalia auf einmal, als Johann wieder ganz der war, den alle kannten, eine Hand auf dem Rücken, die andere halb erhoben, wie aus der lauen Luft des Spätnachmittags schöpfend. *Ah, oui, Madame*, entgegnete Goethe. *Ce petit livre serain. Cela parle que des zones humides, triste mais vrai!*

Und schon wieder war es diese Sprache, die ich nie gelernt hatte und nicht verstand, mir aber auf der Zunge und auch sonst wo zergehen ließ, die Melodie darin, die meine Fesseln löste. Es waren ihre Wörter, die ich tief in der Nacht und hoch über dem Golf mit seinen Ölfeuern wie solche der Liebe vor mich hin sprach, bis mir der alte Inder wieder zunickte, die Lesebrille jetzt im aschgrauen Haar, Wörter, die mir das Gefühl gaben, auf dem richtigen Weg zu sein. Meine Geschichte hatte ja bei A angefangen, A wie DanielA, und sie konnte nur bei Z enden, Z wie Zaibunissa.